Crime
à l'heure du Tay

DU MÊME AUTEUR

• *Murder on the Green - 2011 (en anglais)*
• *Les roses de Sarajevo - 2015*

Aux Éditions du Palémon

Rééditions

1. Meurtre au dix-huitième trou
2. Peur sur le volcan
3. Caviar et nuits blanches
4. L'étrange sourire de Pamela Dove
5. L'œil du totem
6. Mort au grand largue
7. Les démons de l'île de Skye
8. Le serment des Highlands
9. Crime à l'heure du Tay
10. Un poison irlandais
11. Mortelles Hébrides
12. Le pendu de Saint-Andrews

Retrouvez ces ouvrages sur www.palemon.fr

CE LIVRE EST UN ROMAN
Toute ressemblance avec des personnes, des noms propres, des lieux privés, des noms de firmes, des situations existant ou ayant existé, ne saurait être que le fait du hasard.

JOHN-ERICH NIELSEN

Crime à l'heure du Tay

ÉDITIONS DU PALÉMON
ZA de Troyalac'h - 10 rue André Michelin - 29 170 Saint-Évarzec

Le crabe et l'inconnue

Une jeune femme.

Oui, c'est une jeune femme…

Ses cheveux sont longs, noirs… Mouillés.

Son teint est pâle, très pâle.

Elle ressemble à Ilona[1]*.*

Sauf… Sauf que ses vêtements sont étranges. Elle porte une robe longue. Très serrée au niveau de la taille.

Et… Oui, de la dentelle sur le décolleté.

Elle bouge.

Dommage que je ne la distingue pas davantage.

On dirait qu'une sorte de brouillard l'entoure. Un brouillard froid, humide… Et dans l'air, un vent cinglant que rien n'arrête.

Le bord de mer…

Où va-t-elle ? Où m'entraîne-t-elle ?

Pourquoi ne veut-elle pas descendre ? Ce doit être la plage, là, plus bas. Pourquoi ne veut-elle pas que…

Non, elle s'en éloigne. Elle préfère monter, comme pour fuir ces cris d'enfant.

---

1. *Ilona est une jeune étudiante irlandaise dont l'inspecteur Sweeney a fait la connaissance dans* Le serment des Highlands.

Des cris? Là, en contrebas?

Il faudrait aller voir si…

Non, décidément elle préfère monter. Elle ne cesse de monter, sans rien dire. Et ces cris alors?

C'est étrange: Ilona – si c'est elle – me précède, mais son regard continue de me fixer. Comment fait-elle ça?…

Tiens, les cris ont fini par cesser.

Où sommes-nous à présent? La plage a disparu. Et ce brouillard qui ne nous lâche pas…

Nous? Parce que je suis là, moi aussi?

Pourtant, je ne…

— Aah! s'écria Sweeney en s'éveillant d'un coup.

Dans la pénombre, le jeune inspecteur s'adossa contre son oreiller.

Il reprit lentement contact avec la réalité de son appartement, avant d'identifier enfin un *dring* strident. *Le téléphone!* fut la première, et la seule pensée qui lui traversa l'esprit. Aussitôt suivie, dès la deuxième sonnerie, d'un prévisible: *Great Scott! Qu'est-ce qu'il se passe encore?*

Archibald Sweeney était enfin réveillé. Son mercredi pouvait commencer.

*

Le jeune homme se passa la main dans la barbe. Il se sentait fiévreux.

Ce n'est rien. Sûrement le cauchemar… jugea-t-il.

Le téléphone continuait de retentir.

Encore? Combien de fois a-t-il déjà sonné? s'inquiéta Sweeney.

Songeant qu'il pouvait s'agir d'une urgence, le policier s'extirpa de sous sa couette. Il repoussa du pied gauche une housse qu'il n'avait pas changée depuis trois semaines, posa le droit sur un parquet glacial, puis se lança dans une périlleuse traversée de ce capharnaüm qu'il appelait son appartement. Dans un demi-sommeil, l'inspecteur ne vit pas que la couverture de son teckel, qui passait ses nuits au creux d'un fauteuil déglingué, avait glissé à terre. Sweeney s'empêtra les pieds dans ce plaid usagé, manqua dans sa chute d'aller embrasser la table basse, et ne dut son salut qu'à la mollesse de l'accoudoir du sofa.

— *Shit!* jura-t-il. Maudit chien!

À deux mètres de là, le téléphone s'obstinait à sonner, lançant ses lancinants « *dring dring* » comme autant d'éclats de rire moqueurs.

— Oui!... Oui!... s'énerva Sweeney, avant de se relever.

Une sonnerie plus tard, le jeune policier s'emparait enfin du combiné. À sa grande surprise, aucune voix ne se manifesta. Et aucun interlocuteur ne raccrocha puisque, manifestement, personne n'était à l'autre bout du fil. La seule tonalité perceptible fut la même que celle qu'il entendait lorsqu'il décrochait lui-même pour appeler.

Qu'est-ce que c'est que ça? s'étonna-t-il.

On a déjà raccroché?... Great Scott! jura-t-il une dernière fois.

Sweeney reposa le combiné, mit les mains sur ses hanches puis, à peine réveillé, continua de fixer l'appareil comme s'il guettait un nouveau soubresaut de son tourmenteur.

Qui pouvait donc bien m'appeler à cette heure?... En plus, avec ce fichu bidule des années quatre-vingt-dix que tante Midge m'a refilé, ce n'est pas comme avec mon portable. Pas moyen de rappeler le dernier numéro ou de savoir quel est... Tante? songea-t-il soudain. *Et si c'était l'hôpital?*

En un instant, la tête basse, l'inspecteur se remémora l'épouvantable période que venait de traverser sa tante...

...Tout avait commencé peu avant la Toussaint. Détectant une grosseur anormale à la poitrine, tante Midge avait rapidement consulté son médecin traitant à Aberdeen, le docteur Whitaker.

Le verdict des examens était revenu rapidement, implacable et violent: un cancer du sein, aussi foudroyant qu'inattendu, la rongeait. Il fallait opérer au plus vite.

Un lundi soir, tante Midge avait elle-même annoncé la nouvelle à son neveu, par téléphone, d'une voix douce et claire, comme si elle voulait maîtriser ses émotions ou les paramètres de la situation. Mais le jeune homme savait qu'il n'en était rien... La nouvelle l'avait rendu fou de colère: un p... de crabe était en train de tuer cette femme admirable, cette sainte!, qui l'avait élevé. Celle qui, alors qu'il n'avait que cinq ans, avait accueilli sans hésiter ce gamin dont les parents venaient d'être assassinés sur la lande. Comment le destin, ou même Dieu, pouvaient-ils se montrer aussi injustes envers elle? Il fallait agir: le jeune policier avait aussitôt proposé à tante Midge de venir se faire opérer à Édimbourg, de façon à ce qu'il puisse s'occuper d'elle. Tout d'abord réticente à l'idée de venir « embêter » son neveu, la vieille dame avait fini par se ranger aux arguments du jeune homme.

Sweeney était alors venu la chercher, avec sa vieille sacoche à carreaux pour tout bagage, dans ce quartier portuaire d'Aberdeen où lui-même avait grandi, pour la conduire au Western General Hospital[2], dans le service du professeur Baine. L'opération s'était déroulée « sans difficulté », aux dires du cancérologue. Toutefois, au retour de sa première visite, le policier avait jugé que l'état de fatigue de sa tante, ainsi que la petite qualité de son moral, correspondaient bien peu aux déclarations optimistes du médecin.

En réalité, depuis trois jours, Sweeney crevait de trouille… Et les trop brèves visites auxquelles il avait droit le soir, après le travail, finissaient même par être pénibles : en effet, le jeune homme se sentait totalement incapable de masquer son inquiétude à la malade, et craignait d'influencer négativement son état d'esprit. En outre, les lourdes séances de chimiothérapie, ainsi que leurs éprouvantes conséquences qu'annonçait le professeur Baine pour les jours à venir, ne laissaient présager rien de bon. Tante Midge et son organisme affaibli allaient devoir livrer un combat inégal contre ce crabe monstrueux qui, sans répit, cherchait à l'emporter au plus profond de son trou.

P… de cancer ! se surprit-il à penser, les yeux toujours rivés sur le téléphone.

Après une bonne minute d'immobilité, et avoir déjà oublié l'inconnue du cauchemar ainsi que l'incident du plaid, Sweeney estima qu'il pouvait enfin tourner le dos à son ennemi sonore.

---

2. *Grand hôpital d'Édimbourg.*

Le jeune policier jeta un coup d'œil sur ses volets – *À quoi bon les ouvrir ? À la mi-novembre, soit il pleut, soit il fait froid… Ou même les deux !… De toute façon, il doit encore faire nuit,* conclut-il –, puis décida qu'il était temps de s'accorder un premier café.

Après être repassé devant un Berthie toujours avachi, pattes en l'air, sur son vieux fauteuil, Sweeney fila vers la cafetière. Torse et pieds nus, le caleçon de travers, il appuya son ventre contre le rebord glacé de l'évier. Enfin, il s'empara d'un mug dans le haut du placard ; il le remplit d'un reste de café de la veille puis, comme un automate, enfourna le tout, pour une immuable minute cinquante, dans un micro-ondes aussi fréquemment entretenu que la couette de son lit. Docile, l'appareil se mit en branle, déclenchant un ronron si habituel qu'il en devenait hypnotique.

Lorsque le *ding* du four retentit, ses tonalités aiguës profitèrent aux neurones engourdis du jeune Écossais : *Mais,* réalisa-t-il soudain, *comment se fait-il que je n'aie pas encore eu besoin d'allumer l'électricité ?*

Avant de répondre à cette question décisive, Sweeney commença par avaler une première gorgée de café. Puis il se tourna de nouveau vers les volets : la lumière éclairant la pièce provenait bien de l'extérieur.

Pourtant, se mit-il à douter, *Berthie dort encore. S'il était tard, cette vieille saucisse aurait déjà faim, et m'aurait réclamé sa gamelle. Et puis moi non plus, je n'ai pas faim,* jugea-t-il en vidant tranquillement sa tasse.

Une fois le mug déposé dans l'évier, et alors qu'il retraversait l'appartement en direction de son lit, le policier finit tout de même par songer : *Et si j'allumais mon portable, au moins pour savoir l'heure ?... Seul problème*, se ravisa-t-il aussitôt, alors qu'il contemplait l'effrayant désordre qui régnait dans la pièce, *où ai-je bien pu fourrer ce maudit appareil ? Parce que mon portable, c'est comme ma paire de chaussettes*, philosopha-t-il : *je ne les dépose jamais deux fois au même endroit !*

Dans la salle de bains, Sweeney commença par se passer de l'eau sur le visage – ce qui allait probablement constituer sa seule toilette du matin –, puis s'essuya soigneusement la barbe. Mais tout à coup, l'inspecteur se souvint de sa résolution préalable : *Mon portable, je voulais l'allumer... Est-ce que je ne l'aurais pas laissé... Ah si ! Je me rappelle, j'ai sûrement dû poser mon pull par-dessus...*

Le jeune homme revint alors vers la table. Il souleva le shetland vert qu'il adorait porter à l'automne, et sourit en découvrant son téléphone à clapet. D'un geste mécanique, il lança l'affichage de l'écran d'accueil puis, sans attendre, redéposa l'appareil pour mieux repartir vers la salle d'eau. Sa barbe rousse à peine de retour devant le miroir, un solo de guitare endiablé se fit entendre à l'autre bout de l'appartement.

Quoi déjà ? sursauta Sweeney. *Je viens tout juste de l'allumer... Qui peut bien essayer de me joindre à cette heure ? Et si c'était le même appel que sur le fixe ?*

Le policier se précipita dans la pièce. Il alluma cette fois l'éclairage et rouvrit son portable.

— Oui Sweeney, s'annonça-t-il.

— Ah enfin ! soupira la voix familière de son coéquipier McTirney. Mais qu'est-ce que tu fiches ?

— Oh, du calme ! protesta son jeune collègue. Qu'est-ce qu'il se passe ? Tu pourrais au moins me dire bonjour, avant de râler.

— Mais ça fait deux heures que je te laisse des messages ! protesta l'ancien. Est-ce que tu as vu l'heure qu'il est ?

L'inspecteur décolla son oreille de l'écran et lut enfin… *Great Scott ! Dix heures quinze !… Comment ai-je fait pour me lever si tard ? J'étais persuadé qu'il n'était pas plus de six heures et demie* !

Encore sous le choc de cette découverte, Sweeney recolla l'appareil à hauteur d'oreille, pour bredouiller :

— Euh… Désolé, Ian. Je viens juste de me réveiller. Je ne comprends pas… J'ai dû oublier de régler l'alarme, ou alors l'épaisseur du pull aura…

— Je me fiche de ce que tu fais de tes soirées ! le brusqua McTirney. Mais là mon vieux, il y a des limites. Deux heures que je t'attends !

— Où ça ? Au bureau ?

— Mais non, justement ! Dépêche-toi de partir, j'espère au moins que tu es habillé.

— Hem… Oui, préféra lui mentir son coéquipier. Mais où es-tu ? Est-ce que tu es déjà retourné à North Leith[3], pour interro…

— Non ! le détrompa son collègue. Wilkinson m'a appelé dès huit heures alors que j'étais sur la route du bureau, pour m'envoyer à Wormit. Je n'ai…

3. Quartier nord, sur le port d'Édimbourg, connu pour être une zone de prostitution.

— Quoi ? le coupa Sweeney. Wormit ? Qu'est-ce que c'est que ce quartier ?

— Laisse-moi finir ! Le commissaire m'a demandé de te contacter pour que tu m'y rejoignes, mais voilà : ça fera bientôt deux heures que j'appelle dans le vide !

— Tu as dit… Wormit ? hésita le jeune inspecteur. Connais pas.

— Ça ne m'étonne pas. C'est un patelin sur la côte, à environ quatre-vingts kilomètres au nord de la capitale.

— Hein ? Mais qu'est-ce que tu fiches là-bas ?

— Mais je t'y attends, mon jeune ami ! se fâcha McTirney… Non, je suis arrivé il y a moins de vingt minutes, se radoucit-il. Même si tu pars maintenant, tu ne seras pas sur place avant… Oui, je dirais midi moins le quart.

— Je ne comprends toujours pas, s'agaça l'inspecteur. Où est-ce que tu m'as dit que se trouvait ton bled ?

— Wormit, crut bon de répéter McTirney. Tu ne peux pas te tromper ; c'est sur la rive sud du Firth of Tay[4]. Je t'appelle depuis le pied du pont. Mais fais gaffe, hein ? À Wormit, c'est le Tay *Rail* Bridge, le pont de chemin de fer, pas l'A92 qui enjambe le Firth pour rentrer dans Dundee. Celui où je t'attends se trouve deux bons miles[5] plus à l'ouest.

— Oui c'est bon, je vois. C'est sur ma route quand je remonte vers Aberdeen, pour aller chez ma tante.

---

4. Estuaire de la mer du Nord sur lequel est établie la ville de Dundee, séparant le comté d'Angus, au nord, de celui du Fife, au sud.

5. Un mile correspond à 1 609 mètres environ.

— Dépêche-toi de partir, le relança son coéquipier. Je serai sur la rive, juste au-dessous du pont. D'accord ?

— Oui oui, s'impatienta son jeune collègue. Mais attends une seconde : qu'est-ce que Wilkinson nous envoie faire là-bas ? Et pourquoi faut-il que je te rejoigne ?

— Si tu veux tout savoir, s'énerva l'ancien, je suis en tête-à-tête avec un cadavre ! Et j'aimerais bien que tu viennes me donner un coup de main, si ça ne te dérange pas trop... Nous sommes coéquipiers, tu te rappelles ?

— Mais enfin... persista Sweeney. Ils font grève dans les commissariats de Dundee[6], ou quoi ?

— Je t'explique, râla son collègue. Mais vite fait, OK ?... En réalité, débuta McTirney, Wilkinson a été contacté très tôt ce matin par deux de ses homologues de l'Angus et du Fife. Le corps a été aperçu à l'aube par les passagers du premier train de jour. Ce sont les voyageurs qui ont donné l'alerte... Mais comme le hasard fait bien les choses, ironisa-t-il, depuis hier, tous nos collègues de Dundee et de St Andrews sont mobilisés sur un gros coup : l'ensemble de leurs équipes planquent pour appréhender les six gars du casse de Dundee. Tu sais, les...

— Ah oui ! le coupa Sweeney. La bijouterie du centre, il y a quinze jours... Trois morts, c'est ça ?

— Exactement. Les collègues ont repéré l'appartement du gang, et pensent pouvoir cueillir ces salopards dans la journée... Tu comprends, conclut-il, ils ont dû réquisitionner tout leur monde.

---

6. Dundee, ville et port de près de 200 000 habitants sur la rivière Tay. Capitale de l'Angus, au cœur du pays des Pictes : ces derniers ont laissé de nombreuses pierres mystérieuses gravées de symboles.

— Je vois, admit tout d'abord son coéquipier… Avant de finalement s'énerver :

— Donc Wilkinson nous envoie « gérer les affaires courantes » au profit des collègues des autres comtés. Ça tombe bien d'ailleurs, on n'avait que ça à faire… Quand je pense que nous devions…

— Ah ça va ! le rabroua McTirney… Le patron m'a également expliqué que, puisque la victime avait été découverte à la limite de ces deux juridictions, enchaîna-t-il, et que nos investigations risquaient de nous entraîner des deux côtés du Tay, ça arrangeait finalement tout le monde que deux flics de la capitale se chargent de l'enquête.

— Bah tiens… commenta Sweeney, amer.

— Bon, tu décolles ? le pressa son ancien. L'équipe de la Scientifique sera partie avant que tu n'arrives.

— Oui, j'y vais… Tu m'as bien dit Wormit ? s'assura-t-il encore.

— C'est ça… Tu traverses tout le village et tu viens te garer au pied du pont. Tu ne peux pas le rater.

— Je m'en doute… Au fait, songea tout à coup l'inspecteur, est-ce que c'est toi qui m'as appelé tout à l'heure sur le fixe ?

— Quoi ? Non, je n'y ai même pas pensé. Je croyais que tu étais au bureau.

— Ah ?… Wilkinson alors ?

— Hein ? Ça m'étonnerait. Le patron comptait sur moi pour te prévenir. Et comme il ne t'a pas vu arriver, Wilkinson doit croire que tu es déjà avec moi. Il est loin d'imaginer que tu es encore au lit !

— Ah, c'est bon ! grogna Sweeney. Je t'ai dit que j'étais prêt à partir.

— Alors justement, magne-toi ! Je t'attends.

— Mais quand même, insista son jeune coéquipier, tu es sûr que tu ne m'as pas…

— On s'en fout ! explosa McTirney. Saute dans ta bagnole, et arrive ! À tout à l'heure.

Puis il raccrocha.

Qu'est-ce que c'est que cette histoire ?… réfléchit le policier, le ventre enserré par son superbe caleçon à fleurs. *Qui a bien pu essayer de m'appeler, il y a dix minutes ? Pourvu que ce ne soit pas l'hôpital, pour ma… Ho, et zut !* réagit-il soudain. *Je n'ai même pas demandé à Ian s'il s'agissait d'un meurtre ou d'un accident, ni même d'un homme ou d'une femme… Je ne suis vraiment pas dans le coup, moi, en ce moment,* reconnut-il.

Avant de réaliser enfin : *Le véritable cauchemar, en fait, ce n'est pas celui qui m'a réveillé… Ce serait plutôt la réalité qui m'attend sur le Tay !*

— Bon… Berthie ! appela-t-il son chien. Réveille-toi, il faut que je parte… Et ne me regarde pas avec ces yeux-là, vieille saucisse : tu sais très bien que je ne t'emmènerai pas !

Tragédies

— Tu restes là ! intima Sweeney à son chien.

Le teckel, la truffe humide, lui lança un regard implorant depuis la banquette arrière.

— C'est toi qui as voulu venir, répliqua son maître, comme si l'animal le comprenait. Et puis si Ian voit que je t'ai emmené, déjà que je suis en retard…

Tout de même, songea l'inspecteur, *il faudrait que je sois plus ferme avec Berthie… C'est vrai, il aurait pu rester avec Mrs Trench, ma logeuse. Après tout, elle a l'habitude de le garder. Quel cœur d'artichaut je fais, moi…* soupira-t-il.

Le jeune homme s'assura que la couverture du chien était bien en place, avec sa réserve d'eau et ses croquettes au pied du siège, puis s'empara de son club de golf et s'apprêta à descendre de l'Escort.

Mais une dernière pensée le retint encore : *Bon, par quel chemin vais-je rejoindre le pont ?… En arrivant, je n'ai eu aucun mal à repérer l'ouvrage, mais je n'ai trouvé que ce bout de parking, près du terrain de foot, pour stationner… Alors, est-ce que je prends la rue, mais elle a plutôt l'air de remonter, ou bien… Oui, c'est ça : je vais descendre sur la plage et filer à droite, en direction du pont. Je finirai bien par trouver Ian.*

Sweeney s'extirpa de son véhicule, cala son sand wedge sur l'épaule, et franchit la route en direction de la mer.

Mince, quel temps… ronchonna-t-il, tandis qu'il foulait les premiers galets gris. *Il n'a pas cessé de pleuvoir depuis que j'ai quitté Édimbourg… Et puis quel vent ! Il souffle du large et on a l'impression qu'une fois prisonnier du goulet de l'estuaire, il accélère encore.* Après quelques pas, le buste incliné pour mieux lutter contre la bise du nord-est, mais aussi pour mieux progresser dans les pierres instables, l'Écossais se dit encore : *Ce Firth of Tay, on dirait une grande bouche, large et puissante, qui aspire l'air froid de la mer du Nord comme pour mieux l'envoyer dans les sacs de nos cornemuses. Tu m'étonnes qu'elles couinent après ça !* sourit-il de sa propre idée.

Puis Sweeney releva la tête, afin de s'assurer que ses pas le menaient toujours dans la bonne direction. *OK, le pont est à moins de deux cents mètres*, estima-t-il. *Mais c'est drôle, je ne suis jamais venu à Wormit, et pourtant, j'ai le sentiment de connaître cet endroit…*

Habité par cette étrange sensation, le jeune policier fit encore quelques enjambées avant de songer : *Ah si, je sais… Le temps de ce matin me rappelle sûrement mon enfance sur la côte. Aberdeen n'est jamais qu'à une soixantaine de kilomètres, et je me souviens que lorsque je courais sur le port, à la rencontre des plus gros navires, le vent et la pluie me rinçaient en moins de deux. Pour éviter que je ne tombe malade, tante Midge avait même fini par m'interdire d'aller sur les quais par mauvais temps. En Écosse, autant me condamner à la perpétuité!* sourit-il encore. Mais pour ne pas s'attendrir en pensant à la vieille dame qui luttait, seule, dans sa chambre d'hôpital, Sweeney préféra porter le regard devant lui : *Ce pont est immense. Plus de trois kilomètres au moins…* estima-t-il en s'approchant du géant métallique qui enjambait l'estuaire. *Plat sur toute sa longueur, avec des arcades ajourées qui surplombent le tablier… Avec le pont routier, son jumeau dans le lointain, on a l'impression que tous les deux forment des agrafes monstrueuses qui tenteraient en vain de cicatriser la plaie du Firth. Comme si les hommes voulaient empêcher la mer et le froid de pénétrer dans les flancs de l'Écosse… Et puis la taille des piliers, quelle hauteur!… Great Scott! Chapeau aux ingénieurs qui ont conçu cette merveille!* apprécia-t-il enfin.

Puis le jeune homme distingua les premiers indices d'une présence policière : *Mince, des tresses bleues…* Il repéra les bandes agitées par le vent. *Il doit s'agir d'un meurtre… Oui, pas de doute : deux ou trois gars de la Scientifique s'affairent encore aux alentours. Marrant*, pensa-t-il, s'efforçant de se détendre : *avec leur façon de marcher pliés en deux et de se baisser tous les trois pas, ces gars m'ont toujours fait penser à des poules qui picorent!*

L'inspecteur se glissa sous les tresses, tout en prenant garde à ne pas y accrocher la tête de son sand wedge, puis continua de se diriger vers ce qu'il lui semblait être le centre de la scène de crime.

Bon, où est le cadavre? finit-il par se demander. *Parce que je me… Ah, voilà Ian!* se réjouit-il en apercevant son coéquipier sous le pont. *Oups! A pas l'air de bonne humeur, le collègue…* comprit-il aussitôt.

Au même instant, McTirney identifia à son tour la silhouette dégingandée qui remontait dans sa direction.

L'inspecteur observa l'arrivée du jeune policier : *Et voilà Sweeney! Toujours aussi bien fagoté, le rouquin…* ironisa-t-il. *Alors qu'il fait un temps à dissuader Nessie*[7] *de nager dans son loch, cette vedette s'est contentée d'enfiler un vieux chandail vert, un pantalon de toile sans le moindre pli et de gros brodequins à lacets rouges. En plus, s'il compte se servir de son fichu club de golf comme d'un parapluie, sa barbe va vite défriser! Et puis… Et puis… Non décidément, il ne ressemble à rien le jeunot!* finit par capituler McTirney.

— Salut, Ian! lui lança Sweeney. Ça va?

— Mmouais, grogna l'ancien. Il n'est pas encore midi, précisa-t-il aussitôt, sur un ton où se mêlaient le reproche d'avoir attendu près de deux heures, mais – aussi – la satisfaction de constater qu'une fois réveillé, son jeune collègue n'avait pas traîné pour le rejoindre.

Sweeney sourit. Depuis sept ans, il avait appris à connaître son coéquipier et, plus encore, à l'apprécier. À bientôt cinquante ans, marié et père de deux jeunes enfants, Ian McTirney avait choisi de demeurer simple inspecteur. Sur le terrain, nul doute qu'il se sentait plus utile qu'à la tête d'un grand service sur la porte duquel trônerait un titre aussi ronflant que vide. Grand et brun, maigre, avec des joues grêlées qui empêchaient la pluie de s'accrocher à son visage – *une véritable mutation génétique, à croire que*

---

7. Nessie, surnom donné au monstre du Loch Ness.

les joues de Ian sont faites pour l'Écosse et son climat! s'amusait Sweeney –, McTirney avait revêtu un imper gris, dont le col redressé ne suffisait pas à le protéger du vent mordant qui soufflait sous le pont. Enfin, le gel dont il abreuvait sa chevelure ondulée le protégeait plus sûrement de la pluie que l'huile sur les plumes d'un canard.

— Qu'est-ce qui te fait rire? releva-t-il.

— Hein?... Oh rien, mentit Sweeney.

— Tu vas attraper la crève, lui fit remarquer l'ancien, toujours soucieux de son jeune coéquipier. Tu aurais pu mettre un manteau.

— Non, ça va aller, le rassura le barbu. Mais j'y pense, enchaîna-t-il, je me suis posé la question durant tout le trajet: est-ce que tu es sûr que ce n'est pas toi qui m'as appelé sur le fixe tout à l'heure?

Stupéfait par la question incongrue de son collègue, McTirney explosa:

— Encore! Mais ça suffit avec ça! gronda-t-il en écartant les bras. C'est tout ce que tu trouves à me dire?

— Ah?... Euh non, tenta de se rattraper Sweeney: où est la victime?

La vengeance de McTirney ne se fit pas attendre:

— Mais c'est qu'elle est déjà partie! Tu as vu l'heure?... Le légiste a dû trouver que, même pour un cadavre, ce n'était pas un temps pour bronzer sur la plage!

— Hem... Euh je... Oui, se contenta de bredouiller Sweeney, gêné.

Et voilà, pan sur le bec! Mais bon, il faut reconnaître que je ne l'ai pas volé, admit-il, beau joueur. *Essayons plutôt d'entraîner Ian sur un terrain où nous pourrons nous entendre:*

— Franchement quand j'y pense, commença-t-il, pourquoi Wilkinson nous a-t-il désignés tous les deux ? Tu crois que le patron voulait se débarrasser de nous ?

McTirney ne répondit pas.

— C'est vrai à la fin, persista son coéquipier : nous parachuter loin de notre juridiction, alors que nous avons déjà tellement de dossiers en souffrance à Édimbourg. Quand je pense au retard que nous allons pren…

— C'est toi qui parles de retard ? le coupa McTirney, rancunier.

OK je vois, comprit Sweeney. *Ian est vraiment de mauvais poil… Après le coup de fil surprise de Wilkinson, le mal qu'il a eu à me joindre, et puis ce fichu temps qui règne sur l'estuaire, il n'est pas à prendre avec des pincettes. Je ferais mieux de faire profil bas et de me mettre dare-dare dans l'ambiance.*

Toutefois, ce fut son collègue qui reprit l'initiative :

— En réalité, comme je te l'ai déjà expliqué au téléphone, je crois que ça arrange tout le monde qu'une équipe de la capitale s'occupe d'une enquête qui devrait empiéter sur plusieurs juridictions. Sur cette rive du Tay, nous sommes dans le Fife, tandis que de l'autre côté, au nord à Dundee, c'est…

— …l'Angus, compléta Sweeney. Oui je sais, merci.

Pour la première fois, et malgré la pluie incessante, McTirney esquissa un sourire approbateur.

— Bien, je vois que tu es enfin avec nous, apprécia son coéquipier. Alors, reprit-il, si tu me posais la question que j'attends depuis deux heures ?

— Euh oui… hésita brièvement Sweeney, avant de changer son sand wedge d'épaule.

Puis le jeune inspecteur prit encore le temps d'observer la plage de galets, l'estuaire, la ville de Dundee qui surplombait l'embouchure du fleuve, le village de Wormit sur la droite, pour demander :

— Ian… Qui est la victime ? Et que s'est-il passé ?

Mais à l'instant même où son collègue, manifestement satisfait, allait lui répondre, un train s'engagea sur le pont, juste au-dessus de leur tête, et fila en direction de la ville. Dans un fracas assourdissant, le convoi déferla sur le Tay, bravant les rafales de vent et la pluie. McTirney essaya bien d'user de sa voix de stentor, mais les crissements des roues, amplifiés par la bise et l'écho métallique du tablier, eurent raison de sa vaine tentative.

Tay Rail Bridge : 1, McTirney : 0 ! s'amusa Sweeney.

*

— Une fillette… finit par lui apprendre McTirney, le visage grave.

Puis il entraîna son coéquipier vers la rive, une vingtaine de pas plus loin.

— Elle était là… déclara-t-il encore, tout en désignant les galets à moins de deux mètres du bord.

— Comme si on avait voulu l'éloigner des maisons… réfléchit Sweeney à voix haute, le regard tourné vers l'estuaire. Elle devait sûrement crier… s'imagina-t-il.

Avant de s'adresser de nouveau à McTirney :

— Au fait, est-ce que tu as les photos ? Ce serait plus simple si je…

— Non pas encore, le devança son collègue. La Scientifique a promis de me les faire parvenir dès cet après-midi. Je leur ai laissé mon adresse mail.

— Parce que tu as pris ton ordi ? s'étonna Sweeney. Combien de jours comptes-tu rester ?

— Je t'expliquerai… rétorqua McTirney, dans un sourire énigmatique.

Qu'est-ce que l'ancien peut bien avoir en tête ? s'inquiéta le jeune inspecteur. *Ou quels ordres Wilkinson lui a-t-il donnés ? Je n'aime pas ce sourire…*

— Alors ? préféra reprendre Sweeney. Qu'est-ce qu'il s'est passé ?… Toi qui as vu le cadavre, quelle est ton impression ?

Son équipier commença par s'en tenir aux faits :

— Comme je te l'ai dit, la petite était allongée juste là, la tête orientée vers le fleuve. Elle se présentait sur le ventre, les bras le long du corps et le visage tourné à droite, vers Dundee. Tu vois ?

— Comment s'appelait-elle ? songea à lui demander son collègue.

— Sue… Sue Cunningham. Elle n'avait que huit ans… Elle portait un survêtement rose, mais on lui avait retiré le bas. On a retrouvé le pantalon sur la plage, pas très loin, quand on remonte vers la route.

— Tu veux dire… hésita Sweeney, déjà blême.

— Tu m'as compris : pour le légiste, l'agression sexuelle ne fait aucun doute.

— P… ! Huit ans seulement… soupira son coéquipier, écœuré. Et comment a-t-elle été tuée ? essaya-t-il de se reprendre.

— Six coups de couteau, dont au moins trois mortels. L'assassin l'a frappée au niveau du cou, du thorax, mais aussi sur les bras.

— De face ? demanda Sweeney.

— Euh... Oui, lui confirma McTirney. Mais ensuite, elle a dû se retourner en tombant.

— Mmm... marmonna le jeune policier. Ou celui qui a fait ça aura d'abord voulu la faire taire, d'où les coups portés uniquement sur le haut du corps. Puis il l'a retournée pour le reste, envisagea-t-il.

— Plausible, l'approuva son collègue. Mais l'autopsie nous en apprendra plus.

— J'espère... Et l'arme ? Si tu ne m'en parles pas, c'est que vous n'avez...

— Rien, le coupa McTirney. Tu vois, les gars de la Scientifique continuent de chercher – ce n'est pas évident sur une plage de galets et sous la pluie – mais pour l'instant, chou blanc. Le tueur est probablement reparti avec.

— Mmm, dommage... Et que t'a dit le légiste ? Est-ce que les plaies étaient profondes ?

— « La » légiste, corrigea McTirney, dans un sourire malicieux... Non, pas trop. Le docteur m'a parlé d'un gros canif, d'un couteau suisse, voire d'un *sgian dubh*[8]. Mais pas d'une pointe ronde, de type tournevis : les traces d'une lame fine, notamment sur le cou, étaient assez évidentes.

— D'accord, enregistra Sweeney... Sais-tu si elle a été tuée sur place ? poursuivit-il.

— Regarde : les experts ont retiré leurs réglettes après avoir fait les photos, mais les traces de sang sont encore bien visibles. Tu vois ? ajouta-t-il.

Il désigna à son coéquipier quelques galets plus sombres que les autres.

---

8. *Le* sgian dubh *– prononcer skin dou – est un poignard court traditionnel qui, avec le kilt, est porté dans la chaussette.*

Le jeune barbu se pencha, vérifia les indications de son collègue, puis déclara :

— Mmoui, effectivement... La pluie n'a pas tout effacé. Quelle horreur.

— Ce n'est jamais très beau, l'approuva McTirney. Mais là, cette gamine, je t'avoue que ça m'a fait mal au cœur, avoua-t-il, le regard dans le vide.

Ian est père de deux filles, se souvint Sweeney. *La cadette vient tout juste d'avoir dix ans. Je me doute de ce qu'il a pu éprouver ce matin, en découvrant la scène. Une enfant que l'on assassine, c'est toujours une tragédie. Je crois que je ne m'y ferai jamais, moi non plus... Maintenant, je comprends mieux les raisons de sa mauvaise humeur.*

— J'y pense, enchaîna son jeune collègue pour se relancer : et l'horaire ? Est-ce que « la » légiste t'a fait une estimation ?

— Bien sûr, confirma McTirney. Même si, visiblement, la dame de Dundee n'avait qu'une idée en tête : rentrer au plus vite pour se mettre au sec.

— Je vois, sourit Sweeney. Alors ?

— Elle s'est contentée d'observer la rigidité cadavérique, ainsi que l'état des blessures. Pour elle, même si elle sera plus précise à l'autopsie, on peut estimer l'heure du décès entre vingt heures et minuit.

— En effet, ce n'est pas très précis, confirma le rouquin. Mais c'est déjà ça... D'ailleurs, fit-il remarquer, cela nous permet quand même d'être certains qu'il faisait nuit lorsque la petite a été tuée.

— Tu as raison, l'approuva son coéquipier. Il est donc normal que le corps n'ait été signalé qu'au lever du jour.

— Les passagers du premier train ?

— C'est ça, un peu après sept heures. La rame quittait la gare de Dundee pour Édimbourg, précisa McTirney.

Sweeney hocha la tête. Il alla tourner autour du lieu où la petite victime avait été découverte.

Puis il fit tournoyer sa canne entre les doigts, tout en se grattant la barbe, avant de finalement revenir vers son coéquipier :

— Ian, les maisons les plus proches…

— Proches, proches… relativisa l'ancien. Tu sais, avec le vent qui souffle vers le fond de l'estuaire, et le bruit de la pluie, je ne suis pas sûr que l'on puisse entendre quoi que ce soit même depuis la villa la plus proche. Et puis si un train passe au même moment… insinua-t-il. En outre, à cette période de l'année, il n'y a plus un seul joggeur sur la plage, ni la moindre mamie pour promener son chien. Non… parut-il conclure.

Avant de reprendre aussitôt :

— Mais je devine ta question : évidemment que je suis allé interroger les riverains. J'ai eu le temps en t'attendant, lui asséna-t-il, rancunier.

— Oui, eh bien ? rétorqua Sweeney, vexé.

— Rien. Rien de rien… Il s'agit principalement de retraités qui, pour la plupart, regardaient la télé ou qui, pour un couple, étaient même déjà couchés… Non, ils m'ont tous paru choqués, et presque désolés de ne pas pouvoir m'aider. Ces derniers jours, ils n'ont rien remarqué d'anormal. Aucun individu suspect dans les parages. Et puis ils m'ont dit qu'à leur connaissance, il ne s'était jamais rien passé de tel sur cette rive du Tay.

— Mmm, mais sur l'autre ? releva son coéquipier, en regardant Dundee… Le terrain de foot ? enchaîna-t-il. Je me suis garé juste à côté en arrivant.

— Ah oui, là-bas derrière… se souvint McTirney. J'y ai pensé, moi aussi. J'ai posé la question aux voisins : malheureusement, ils m'ont tous confirmé qu'il n'y avait pas eu d'entraînement hier soir.

— Et des jeunes qui traînent régulièrement dans le coin, pour fumer ou pour s'alcooliser ? Tu leur as demandé s'ils en connaissaient ?

— Oui, mais rien de ce genre. J'ai l'impression que Wormit est un patelin plutôt tranquille. On joue de malchance.

— Ou alors l'assassin connaît bien l'endroit. Ainsi que ses habitudes, envisagea Sweeney. Parce que cette petite plage, si tu n'es pas de la région, tu ne la vois pas depuis la route.

— C'est juste, acquiesça son coéquipier, pensif.

Le jeune inspecteur se mit de nouveau à observer les alentours, insensible à la pluie qui, depuis longtemps, avait transpercé son pull et son pantalon.

Puis il demanda soudain :

— Ian, dis-moi… C'est quoi, ce pont ?

— Quoi ? s'étonna son collègue. Mais c'est le Tay Rail Bridge, la voie de chemin de fer qui relie…

— Non, le détrompa Sweeney. L'autre !

— Hein, là-bas ? se retourna-t-il vers Dundee, dont les immeubles et les clochers dominaient le fleuve. Ça, c'est la route, avec le Tay *Road* Bridge, souligna-t-il, entre…

— Mais non ! s'énerva le jeune homme. L'autre !

De la pointe de son sand wedge, il désigna le centre de l'estuaire.

— Ah, ça ? comprit enfin McTirney en observant la rangée de piliers qui, parallèle au pont de chemin de fer, émergeait sur la droite.

— Oui ça, répéta Sweeney. Qu'est-ce que c'est ? Des piliers de secours, ou bien est-ce qu'ils comptent en construire un second ?

— Tu ne crois pas si bien dire, lui sourit l'ancien. Mais tu connais l'histoire, n'est-ce pas ?

— Quelle histoire ? répliqua naïvement le plus jeune, et sa barbe en point d'interrogation suffit à démontrer que, malheureusement, il ignorait ce à quoi son coéquipier faisait allusion.

— Ah je vois, murmura McTirney, consterné... La catastrophe, essaya-t-il encore. La catastrophe sur le Tay, ça ne te dit rien ?

— Hein ? couina l'ignorant.

— Oh là là... Le poème de McGonagall, tu ne l'as jamais appris à l'école ? Tu as bien grandi à Aberdeen, non ? Ce n'est pourtant pas très loin d'ici.

Observant alors la mine désespérée de Sweeney, McTirney eut le sentiment que, même s'il s'était exprimé en *gàidhlig*[9], il n'aurait pas été plus incompréhensible ! En effet, pour la seconde fois, son collègue se contenta de lui renvoyer un dramatique « Hein ? » pour tout signe d'intelligence.

Aïe ! Elle commence bien cette enquête... finit par s'inquiéter McTirney.

— Il me semble que c'était à la fin du XIXe siècle, commença McTirney. À la période de Noël... Le train qui faisait la liaison entre Édimbourg et Dundee s'est engagé sur le pont un soir de tempête.

9. Prononcer « gallic ». Le gaélique d'Écosse, soutenu par les programmes gouvernementaux depuis une trentaine d'années, joue de nouveau un rôle important dans le pays.

Il faisait nuit… Ensuite, je crois que personne ne sait vraiment ce qu'il s'est passé, mais le convoi a plongé dans le fleuve, et…

— Quoi ? sursauta Sweeney.

— Oui. Ainsi que toute une partie du pont, qui s'est également abîmée dans le Tay.

— Où ça ? De ce côté-là ? s'intéressa son collègue en indiquant la rive la plus proche.

— Non. Je dirais plus près de Dundee. Là-bas, répondit McTirney en désignant une vague direction sur la rive nord du Tay… Le vieux Rail Bridge a été rasé – ce sont les vestiges des piliers que l'on aperçoit sur la droite – et le nouveau a été édifié juste à côté. J'espère simplement qu'il est plus solide que l'ancien, conclut-il.

— *Great Scott*… commenta Sweeney, visiblement impressionné. Est-ce qu'il y a eu des morts ?

— Oh oui, près d'une centaine je crois… Et pas un seul survivant.

— Mon dieu… s'émut son jeune collègue. Les pauvres gens.

— Mais, tu sais, c'est une vieille histoire, relativisa son collègue… Alors, tu ne la connaissais vraiment pas ?

— Si, peut-être… Ça me dit vaguement quelque chose, hésita Sweeney qui, inconsciemment, avait conservé le regard braqué sur l'autre rive, comme s'il tentait d'imaginer l'horrible scène.

— Bon… Et si on revenait à notre affaire ? tenta son coéquipier pour le faire dévier. C'est qu'il est plus de midi, j'ai déjà faim moi, sourit-il.

— Euh oui… Moi aussi, prétendit un Sweeney qui n'osait pas avouer qu'en sortant d'Édimbourg, au risque d'accroître son retard, il s'était arrêté commander dans un *chippy*[10] !

Pour éviter d'avoir à confesser cette négligence, le jeune homme relança l'échange :

— Dis-moi, Ian... Qu'est-ce que la gamine faisait là ? Est-ce qu'elle est du coin ?

— Je t'explique... temporisa McTirney. J'ai déjà vu les parents, le père plus exactement. Ce sont les collègues qui sont allés le prévenir et qui l'ont conduit sur place, moins de dix minutes après mon arrivée... Le pauvre était anéanti. Sa petite de huit ans, après ce qu'on lui avait fait... s'émut-il. C'était moche.

— Comment s'appelle-t-il ? continua Sweeney pour ramener son coéquipier à l'objectivité des faits.

— John Cunningham. Les collègues l'ont découvert à son domicile. Il n'était pas allé travailler pour être là, si jamais sa fille revenait... Quant à la mère, elle était au boulot, à Dundee. Le père nous a déclaré qu'il lui annoncerait lui-même la nouvelle. Il s'en sentait capable.

— Pas évident... commenta Sweeney. Au fait, poursuivit-il, quand la petite Sue a-t-elle disparu ?

— Attends, je n'ai pas fini ! le rabroua l'ancien. J'ai également vu le père du petit garçon, Mister Sharp.

— Comment ? sursauta le jeune inspecteur. Qu'est-ce que tu racontes ? Quel petit garçon ?

En un instant, Sweeney oublia la pluie, le vent, et son attention demeura suspendue aux lèvres de McTirney.

— Tu vois, si tu arrivais à l'heure... ironisa ce dernier.

---

10. Échoppe de fish and chips.

— C'est bien le moment de jouer à ça ! lui reprocha son coéquipier.

— Tu as raison, reconnut McTirney… Oui, finit-il par reprendre, un gosse de onze ans, le petit David Sharp, a disparu en compagnie de la gamine. On n'a toujours pas la moindre nouvelle de lui… D'ailleurs, son père n'est pas resté longtemps. Quand il a vu ce qui était arrivé à Sue, il est aussitôt reparti à sa recherche… Mister Sharp avait déjà essayé de les retrouver hier soir, m'a-t-il dit, mais sans succès… C'est aussi ce qui a provoqué la petite altercation entre les deux messieurs.

— Ian, attends… parut s'agacer Sweeney. Je ne saisis pas. Tu me dis que les deux pères étaient là, ensemble, sur la plage ?

— Bien sûr, les collègues les avaient récupérés en même temps… Ce qu'il se passe, continua-t-il d'expliquer, c'est que Mister Cunningham reproche au jeune Sharp d'être responsable d'avoir entraîné Sue. Pour lui, sans David, elle serait peut-être encore en vie. Le pauvre était à cran… De son côté, Sharp a riposté en lui reprochant de ne pas avoir voulu l'accompagner hier soir, lorsqu'il lui avait proposé de partir à la recherche des deux gamins. Puis il a ajouté qu'il était aussi désemparé que lui parce que, peut-être que David avait connu le même sort que la petite. Et il est reparti juste après ça… Pour sa part, Cunningham a attendu que le corps de sa fille parte avec la légiste, puis il est allé prévenir sa femme.

— Je vois, acquiesça Sweeney. Mais si jamais le garçon est toujours vivant, il a dû passer une sale nuit, sous la pluie et dans le froid. À moins que… Est-ce qu'il possède un portable ?

— Malheureusement non, le renseigna McTirney. J'ai posé la question au père… Manifestement, ce sont deux familles qui n'ont pas de gros moyens.

— Mmoui, on verra ça plus tard… apprécia son coéquipier.

Avant de s'énerver à nouveau :

— Dis donc Ian, si tu me disais enfin à quelle heure les gamins ont disparu ? Tu sais, c'est le genre d'élément qui peut s'avérer utile quand on mène une enquête criminelle !

C'est vrai, quoi… continua de s'agacer le jeune inspecteur. *Avec Ian, c'est toujours pareil: ça part dans tous les sens. Aucun esprit de synthèse !… Ça fait une éternité que je suis arrivé, et c'est seulement maintenant qu'il m'annonce qu'un autre gosse est en danger… Et je ne sais toujours pas depuis quand ! Ian, Ian…* essaya-t-il de se calmer. *Décidément, tu ne sais pas aller à l'essentiel.*

— Oh, ça va ! protesta McTirney, en remontant le col de son imper. Les deux gamins sont de Tayport, s'obstina-t-il involontairement à répondre à côté de la question – *voilà, ça continue…* se désespéra Sweeney –, et ils sont partis faire du vélo dans la rue. Les gamins sont voisins tous les deux.

— Tayport ? l'interrogea son coéquipier.

— Oui, c'est une petite ville portuaire sur l'embouchure du Firth, six ou huit miles plus à l'est, sur la rive sud du Tay.

— Six à huit miles à vélo, releva le jeune barbu, pour une gamine, sous la pluie en plus, ça me paraît loin.

— Je suis d'accord. C'est ce que disent également les deux pères. Et puis, selon eux, Wormit n'était pas du tout une destination habituelle pour les enfants.

— Mais j'y pense, songea soudain Sweeney, comment sait-on qu'ils étaient à vélo ? Quelqu'un les a vus ?

— Oui, confirma McTirney. La grande sœur de Sue était à la maison. La petite jouait dans la cour. C'est à ce moment-là que David est arrivé… Elle les a vus discuter brièvement, depuis la fenêtre de la cuisine, puis la gamine a ouvert le portail. Le temps que la grande sorte, et les deux gamins avaient déjà pris la direction de la maison des Sharps. À l'opposé de la route qui mène à Wormit, précisa-t-il… La sœur a eu beau les appeler, les jeunes se sont sauvés à toute allure. L'aînée est probablement la dernière à avoir vu la petite Sue vivante.

— L'horaire ? réclama de nouveau Sweeney.

— Environ seize heures, l'heure du thé. Peu avant la tombée de la nuit… D'où la rapide inquiétude des parents respectifs quand, au retour du travail, ils ont constaté que les deux jeunes n'étaient toujours pas rentrés… Mister Sharp est aussitôt parti à leur recherche, tandis que le père de Sue signalait leur disparition aux collègues de la ville.

— Et les vélos ? voulut savoir son coéquipier. Est-ce qu'on les a retrouvés ?

— Non, rien… Même pas celui de la petite… On a leur description – deux espèces de gros VTT sans éclairage –, mais c'est tout.

— Aucun témoignage d'automobiliste ou d'autres habitants ? Personne ne les a vus circuler ?

— Rien pour l'instant. Mais il est peut-être encore trop tôt… Les deux pères nous ont dit qu'aucun de leurs proches voisins de Tayport ne les avait aperçus. Idem pour les familles de leurs camarades… Quant à

Wormit, à part les maisons de la rue qui longe la plage, je n'ai pas encore eu le temps de m'en occuper.

— Mmm, bien sûr... marmonna Sweeney, songeur.

— Mais tout ça est encore frais, voulut le rassurer McTirney. Tu sais comment ça se passe : dès que la nouvelle de la mort de la petite sera connue, nous aurons le vent de folie habituel. Les témoignages vont affluer, et ce sera à nous de faire le tri... Non, mon principal souci à l'heure actuelle, conclut l'ancien, c'est ce petit garçon de onze ans. Où peut-il bien être ? Est-il encore en vie ? Et si oui, pourquoi ne rentre-t-il pas chez lui ? Ou bien, que lui est-il arrivé ?

— Ou... qu'a-t-il fait ? osa proposer son collègue.

— Comment ? Qu'est-ce que tu veux dire ? crut deviner McTirney. Est-ce que tu insinuerais qu'il aurait pu tuer sa camarade ?

— Il faut toujours tout envisager, insista Sweeney. Pour l'instant, aucun élément ne nous permet de fermer cette porte, n'est-ce pas ?

— C'est juste, admit McTirney.

— Et l'arme ? Tu m'as bien dit qu'il pouvait s'agir d'un petit couteau. Est-ce qu'elle pourrait appartenir au gamin ?

— Je t'avoue que je n'ai pas pensé à demander à son père... Il est vrai que Mister Sharp lui-même m'a décrit son fils comme un trublion qui préfère traîner dans la rue plutôt que de faire ses leçons. Mais quand même... Non, les deux pères semblaient être d'accord sur le fait que David aimait bien Sue. Il la considérait d'ailleurs un peu comme la petite sœur qu'il n'a pas. Lui-même est le dernier d'une fratrie de quatre garçons.

— Mmm… Et puis, une agression sexuelle à onze ans, c'est rarissime.

— Effectivement, je n'ai aucun cas de ce genre en tête, confirma McTirney.

— Non, à leur âge, on a d'autres jeux. Pour ces premières expériences, on préfère « jouer au docteur ».

— Parle pour toi ! s'offusqua son collègue… Toutefois, le père de David était d'autant plus en colère qu'il avait interdit à son fils d'aller rendre visite à la petite.

— Interdit ? C'est intéressant… Est-ce que tu sais pourquoi ?

— Non, je n'ai pas osé le lui demander. Ce n'était pas le moment.

— Oui, sûrement… acquiesça Sweeney. Et pour le garçon, tu as bien sûr déjà lancé les recherches ?

— Ça me paraît prématuré, jugea McTirney. Je te l'ai déjà dit ! lui rappela-t-il, agacé… Non, je pense qu'il faut laisser passer la journée. Il est tout à fait possible que le gosse rentre chez lui dans l'après-midi – sa mère et deux de ses frères l'attendent au domicile, pendant que le père et l'aîné sont à sa recherche –, et il sera alors temps d'aller l'interroger. En revanche, si nous n'avons toujours aucune nouvelle d'ici demain matin, j'aviserai Wilkinson. Et nous verrons bien ce que le patron nous conseillera de faire… De toute façon, finit-il, j'ai laissé mon numéro de portable à Mister Sharp.

Tout ça me paraît bien léger, Ian… s'inquiéta Sweeney. *Attends un peu, il faut qu'on en parle sérieusement :*

— Et si jamais le gosse est mort ? le provoqua-t-il.

McTirney se raidit d'un coup :

— Ah ça va ! Tu vas nous porter la poisse. Et puis le pire n'est jamais sûr, avança-t-il.

— D'accord. Mais si tu as raison, reprit son jeune coéquipier, pourquoi David n'est-il pas encore réapparu ? Il n'y a que deux solutions : soit le gamin est dans l'incapacité de le faire – parce qu'il est décédé, blessé ou retenu –, soit il a quelque chose à se reprocher.

— Tu oublies une troisième possibilité, objecta McTirney : il a peut-être eu peur. Il aura été choqué, et préfère se cacher. Ce n'est qu'un gosse.

— Là tu marques un point, lui sourit Sweeney, séduit par l'à-propos de son collègue.

Finalement, nous ne formons pas une si mauvaise équipe, estima le jeune inspecteur. *Et puis, heureusement que Ian tempère mes ardeurs*, admit-il encore.

— Bon OK, je te suis… concéda le barbu. Mais de toute façon, comme nous ne sommes pas dans nos bureaux, fit-il remarquer, je ne vois pas comment nous allons pou…

— Ça ne va pas durer… le coupa McTirney, avant d'afficher un nouveau sourire de sphinx.

Mais qu'est-ce qu'il a prévu ?… s'inquiéta Sweeney. Toutefois, il préféra éluder cette dernière question et revint à ses premières hypothèses :

— L'assassin doit être un local, proposa-t-il.

— Pourquoi dis-tu ça ?

— Parce que l'on ne voit pas la plage depuis la route. Tu l'as remarqué toi aussi… Surtout la nuit ! souligna-t-il. Et si la pauvre gamine a bien été agressée par un détraqué, alors il est probable que le type savait qu'en l'entraînant vers le bord de l'eau à cette période de l'année, il ne serait pas dérangé, et que…

Au même instant, un nouveau train effectua un passage aussi bruyant que le précédent.

— …et que personne ne l'entendrait ! démontra opportunément Sweeney.

— Sur ce point précis, tu n'as pas tort, lui accorda McTirney… Bon, si on allait déjeuner et se mettre au sec, déclara-t-il. C'est vrai, on va finir par…

Mais il s'interrompit. En effet, il lui semblait que, déjà, son coéquipier ne l'écoutait plus. Comme si le jeune homme était ailleurs, perdu dans ses pensées.

Si l'agresseur est venu en voiture, réfléchissait Sweeney, *où a-t-il stationné son véhicule ?… Très probablement au même endroit que moi, sur le parking du terrain de foot… Dommage, car l'espace est entièrement goudronné. Nous n'aurons pas d'empreintes… Puis s'il a suivi le même trajet que le mien, tout en entraînant la petite Sue, on passe directement du revêtement de la route aux galets de la plage. Là encore, aucune chance de détecter la moindre trace de pas. Rageant…*

Déçu par cette déduction, le jeune policier laissa traîner son regard aux alentours, ignorant totalement la présence de McTirney, ou bien celle des derniers experts qui s'affairaient toujours sur la scène de crime.

Jusqu'à ce que, brusquement, une idée plus dérangeante encore ne lui traverse l'esprit : *J'y pense… Il n'est pas rare que les violeurs ou les assassins viennent rôder sur les lieux de leurs méfaits, allant même jusqu'à poser des questions aux enquêteurs.*

D'instinct, Sweeney balaya du regard les rues plantées d'arbustes, ainsi que les villas qui surplombaient la plage et remontaient jusqu'à l'entrée du pont.

Il guetta une éventuelle paire de jumelles, ou bien une voiture suspecte garée sur les hauteurs. Hélas, à travers la pluie, rien d'intéressant ne parvint à retenir son attention.

Pourtant, frissonna-t-il, *je jurerais que l'on nous observe… Oui, comme si une présence était là, à nos côtés. C'est étrange.*

L'inspecteur n'entendit même pas son collègue lui demander s'il était enfin prêt à partir « manger un morceau » et, inconsciemment, il se retourna lentement vers le fleuve.

La petite est morte là, sur la plage, juste devant moi… imagina-t-il encore, *et là-bas, au loin, au bout de ce pont-fantôme, des dizaines de personnes ont péri elles aussi, projetées dans les flots de l'estuaire… Brrr*, frémit-il : *deux tragédies aussi proches l'une de l'autre, même si plus d'un siècle les sépare… Sordide !* jugea-t-il enfin, avant d'avaler sa salive.

— Bon alors, tu viens ? parvint à se faire entendre McTirney.

Sweeney reprit contact avec la réalité pluvieuse du Firth of Tay. Puis il dévisagea son coéquipier qui, en dépit de son imper, paraissait aussi trempé que lui.

Bien, il va falloir y aller, comprit-il. *Mais je crois qu'une troisième tragédie m'attend*, sourit-il encore : *les blagues à deux balles de Ian, après le café. Je les connais déjà toutes par cœur !*

David Sharp a disparu !

Dans la nuit et sous la pluie, Sweeney roulait lentement tandis qu'il remontait en direction du centre d'Édimbourg. Dans moins de cinq minutes, il atteindrait son appartement de George Street. Tout était calme. Les employés de la capitale avaient déserté bureaux et boutiques ; quelques enseignes colorées invitaient encore à venir boire un verre ou voir un spectacle, mais le froid de novembre, conjugué à une humidité tenace, semblaient avoir douché les ardeurs des habituels noctambules. À l'arrière de l'Escort, Berthie demeurait silencieux et donnait l'impression de vouloir prendre une avance sur sa nuit de sommeil. L'inspecteur avait éteint son portable, négligeant également d'écouter ses émissions musicales préférées, les plus branchées de la radio écossaise. Il n'avait pas le cœur à ça…

Quelques minutes plus tôt, il était passé voir sa tante au Western General Hospital. Après avoir négocié des horaires de visite très « habiles » – usant, à sa grande honte, d'arguments tels que :

Vous comprenez, elle n'a que moi... Je suis policier. Oui, à la Criminelle. Non, je ne maîtrise pas mes horaires... Oui oui, je suis bien l'inspecteur Sweeney. Celui dont on parle dans les journaux... Oui, c'est moi... –, le jeune homme brûlait dorénavant de prendre enfin des nouvelles de la vieille dame. Pour une fois, il se promettait de ne pas lui dire un mot de son enquête. D'ailleurs, peut-être l'avait-il fait trop souvent par le passé, oubliant ainsi d'évoquer l'essentiel : elle-même.

En pénétrant dans la chambre, la vision de la malade l'avait tétanisé : tante Midge dormait, pâle et maigre, les doigts recroquevillés sur sa poitrine douloureuse. Comme si, déjà, elle se préparait à « autre chose ». *À un drôle de voyage...* s'inquiéta son neveu.

En l'apercevant, l'espace d'un instant, Sweeney avait même craint...

— Elle s'est assoupie... lui avait susurré le professeur Baine en arrivant dans son dos.

Le jeune policier ne l'avait pas entendu venir.

— Elle a besoin de repos. Tout est normal... avait ajouté le cancérologue.

Normal ? Était-il normal que cette femme qui, toute sa vie, avait tant fait pour les autres, soit en train de mourir loin de chez elle, dans cette chambre anonyme ? *Non, ce n'était pas « normal » !* s'insurgeait son neveu. Mais que pouvait-il faire, à part accorder sa confiance à cet inconnu en blouse blanche ?

— Nous avons préféré commencer les traitements au plus vite, lui avait encore précisé Baine. Et même si votre tante a, pour l'instant, du mal à les supporter – elle a vomi tout à l'heure –, cela reste encore la décision la plus efficace... C'est bien qu'elle ait fini par s'endormir. Elle se sentira mieux demain, avait-il conclu, avant de réconforter le jeune visiteur d'une tape sur l'épaule.

— Vous pensez que ça ira ? l'avait encore interrogé l'inspecteur. Elle n'est plus toute jeune. J'ai peur que…

— On verra… avait préféré le congédier Baine.

En quittant le parking de l'hôpital, Sweeney n'avait déjà plus qu'une idée en tête : revenir au plus vite !

*

Après avoir tourné trois fois autour de George Street, le jeune policier parvint enfin à découvrir un emplacement libre.

Décidément, même à cette heure, il est toujours aussi compliqué de stationner dans le coin… se désola-t-il. *Il faut dire que ma petite chambre de bonne ne me donne aucun droit à une place de parking attitrée, surtout dans le centre historique. Vivement que je sois commissaire…* plaisanta-t-il.

— Allez, viens Berthie ! dit-il pour encourager son chien à le rejoindre sous la pluie.

En ouvrant la porte de son appartement, Sweeney n'eut même pas le temps de s'apitoyer sur le désordre coutumier qui s'offrait à ses yeux : Berthie venait à peine de lui filer entre les jambes que son téléphone fixe… retentissait déjà !

Encore ? s'étonna-t-il. Sans réfléchir, l'inspecteur déposa son sand wedge, repoussa une chaise dans le passage, puis décrocha :

— Allô ?… Allô ?

Une nouvelle fois, aucune voix ne se manifesta.

Personne ne raccrocha. La tonalité était la même que s'il avait essayé lui-même de téléphoner.

Qu'est-ce que c'est que ça ? s'énerva-t-il. *Si c'est une blague…*

Perturbé par ce faux appel, Sweeney se vengea sur son chien :

— Berthie, descends du lit ! Tu es trempé ! Je t'ai dit cent fois de ne pas y mettre les pattes… Tu as ton fauteuil, allez ouste !

Joignant le geste à la parole, le jeune homme en fit dégringoler sans ménagement la saucisse à quatre pattes, avant de se reprocher aussitôt son énervement :

— Euh… Tu ne t'es pas fait mal ? Pardon, mon chien… Viens, je vais te préparer ta gamelle. Tu dois avoir faim.

Le dîner du teckel fut vite servi, puis Sweeney s'empressa d'allumer son ordinateur portable : *Bien, voyons la messagerie… Douze mails ? J'espère qu'il y en aura au moins un d'Ilona… Depuis son départ il y a trois semaines – c'est déjà la deuxième fois qu'elle me quitte, mais ce coup-ci, j'ai bien peur que ce ne soit pour de bon… –, elle ne m'a pas laissé le moindre e-mail. Je ne sais même pas si elle est rentrée à Belfast… Le pire, c'est que l'on ne s'est jamais disputés tous les deux. Avec Ilona, on ne se dispute pas : on se quitte !* ironisa-t-il, amer. *Voyons tout de même…* Il commença à faire défiler les messages.

Au même instant, son chien se mit à gronder depuis son fauteuil.

— Berthie ? se retourna Sweeney. Qu'est-ce qu'il y a ?

Le teckel parut ne pas faire attention à son maître et continua d'émettre des sons menaçants.

Le policier décida de se lever.

— Berthie… essaya-t-il de le calmer. Est-ce que tu as entendu quelque chose ?

Le chien sauta de sa couverture. Il se dirigea vers la table, revint vers le lit, puis poursuivit son manège à travers l'appartement sans cesser de gronder.

Je ne l'ai jamais vu dans cet état… s'inquiéta le jeune homme. Instinctivement, il voulut se saisir de son club de golf et…ne le trouva pas.

Ça alors… Je l'avais bien laissé près de l'entrée? s'étonna-t-il.

Imitant son chien, Sweeney commença à faire le tour du logement, soulevant les objets épars, regardant sous les meubles, réprimandant le teckel au passage – « Berthie, vas-tu te taire ? Ça commence à bien faire ! Que vont dire les voisins ? » – puis finit par s'agacer de ne pas retrouver son objet fétiche.

Mais où est-ce que j'ai bien pu le mettre? fut la seule proposition que son intellect, déjà en panique, réussit à lui proposer.

— Berthie, arrête ton cirque ! Tu m'énerves !… Je ne sais pas ce que tu as, mais dès que j'aurai mis la main sur ma canne, tu vas voir ce que je…

Au fait, songea-t-il soudain, *le seul endroit où je n'ai pas regardé, c'est encore dans la salle de bains. Mais ça m'étonnerait, parce que je n'y ai pas mis les pieds depuis que je suis arrivé. Et puis je suis sûr que je l'ai…*

— *Great Scott!* jura-t-il, lorsque le néon s'alluma.

Le club de golf, gris et biscornu, gisait près de la douche, au milieu des bouteilles de shampooing vides et des tas de serviettes aspirant à rejoindre la machine à laver.

Mais… Comment est-il arrivé là ? s'étonna-t-il en le ramassant. *Ah ça, j'aurais juré l'avoir déposé dans l'entrée. Je ne suis pas fou quand même… Et ce satané chien qui n'en finit plus de gronder !*

— Berthie ! hurla Sweeney. Vas-tu te taire !… C'est toi ? demanda-t-il au teckel, tout en brandissant un sand wedge menaçant. C'est toi qui l'as mis là ?

Mais le chien s'obstinait à ignorer son maître, montrant les dents de plus belle, le regard et la truffe rivés vers la fenêtre.

Quoi encore ? Qu'est-ce qu'il se passe à la fin ? C'est la fenêtre, c'est ça ? Est-ce que… Mince, la fenêtre ! sursauta Sweeney. *Est-ce que je n'aurais pas oublié de la fermer ? Est-ce que quelqu'un est entré dans l'appartement ? Ou bien… quelqu'un est-il encore là ?*

Au même moment, le jeune policier eut la sensation qu'un courant d'air froid traversait la pièce, puis lui frôlait la nuque, avant de finalement s'envoler vers la lucarne.

Immédiatement, Berthie cessa de gronder.

Hébété, Sweeney observa l'animal. Ce dernier le contempla à son tour, comme s'il partageait le même sentiment de stupéfaction. L'inspecteur se dirigea vers la fenêtre, constata qu'elle était parfaitement close, puis s'éloigna du rebord, encore plus perplexe qu'avant.

Qu'est-ce que c'était que ça ? se demanda-t-il. *Il n'y a rien… Pourquoi Berthie s'est-il énervé, pour s'arrêter d'un coup. Il n'a jamais fait ça auparavant… C'est peut-être moi qui ne suis pas en forme*, envisagea-t-il. *Je me fais des idées. Oui, je suis un peu chaud*, se toucha-t-il le front. *Ce matin déjà, au réveil…*

Et puis j'ai passé la journée sous la pluie, avec des vêtements trempés. Ça n'arrange rien… Je ferais mieux d'aller prendre une bonne douche, décida-t-il enfin. Mais à peine eut-il fait deux pas en direction de la salle de bains, qu'il se ravisait déjà : *Non… Je n'aime pas ce genre de « manifestation »… C'était bizarre, comme si une présence était passée à travers le logement. Berthie l'a bien sentie lui aussi. Et ce courant d'air froid, venu d'on ne sait où. Rien n'est ouvert. Étrange… On dit parfois que lorsqu'une personne décède… Tante!*

Aussitôt, sans réfléchir, Sweeney se précipita sur son téléphone fixe. Alors qu'il avait toujours eu besoin d'un bout de papier pour se souvenir du numéro de l'hôpital, il le composa cette fois sans une hésitation. La standardiste eut beau protester, résistant de son mieux aux menaces proférées par cet inspecteur de renom, elle finit toutefois par rendre les armes et accepta de lui passer la chambre de sa tante.

— Allô ? Allô, tante ? C'est toi ?

— Archie ?… Oui, c'est moi. Qui veux-tu que ce soit ? Tu as de la chance, je viens à peine de me réveiller… Est-ce que tu as vu l'heure qu'il est ?

— Oui tante, je sais. Mais je…

— Est-ce que tu as le droit de m'appeler aussi tard ?

La question, aussi naïve qu'incongrue, ne surprit pas son neveu. Au contraire, elle était si proche de la moralité « tatillonne » de la vieille dame, que Sweeney, rassuré, finit par sourire.

— Je… La standardiste a bien voulu faire une exception, préféra-t-il lui mentir.

Avant d'enchaîner aussitôt :

— C'est que… Voilà : je suis passé tout à l'heure, après le travail, mais tu dormais. Et comme je n'avais pas pu prendre de tes nouvelles… Tu comprends ?

— Ah, c'est pour ça ? parut s'étonner tante Midge. C'est vrai qu'en fin de journée, je ne me sentais pas bien, reconnut-elle. Mais maintenant que je me suis reposée, ça va déjà un peu mieux. J'ai même réussi à manger. Une soupe… précisa-t-elle.

— Très bien, se réjouit son neveu.

— Oui, tu ne tombes pas « trop mal », essaya-t-elle de plaisanter. Mais ne m'en veux pas, j'aimerais pouvoir me rendormir au plus vite.

— Oui, bien sûr. Je serai bref, promit Sweeney.

Ce dernier prit encore quelques nouvelles des traitements que sa tante allait devoir subir le lendemain, de ses éventuels besoins, ainsi que de la qualité des soins apportés par les infirmières.

Puis, enfin, il se résolut à lui confesser le « phénomène » survenu dans son appartement.

— Dis donc, se moqua sa tante, c'est moi qui suis malade, ou bien toi ?… Parce que tu crois aux fantômes maintenant ?

— Non, évidemment… Mais on raconte tellement d'anecdotes dans le pays. Peut-être y a-t-il quand même un fond de vérité ?

— Archie, quel était ton but en m'appelant ? Me faire rire, ou m'inquiéter au sujet de ta santé mentale ?

Tout d'abord vexé par la repartie de la vieille dame, l'inspecteur jugea pour finir qu'il était plutôt engageant que sa tante fasse preuve de son ironie coutumière. Mais cette dernière n'en avait pas encore terminé :

— Et puis tu sais, ajouta-t-elle, en Écosse, les fantômes fréquentent les jolis châteaux. Pas les appartements en désordre !

Cette fois, Sweeney fut définitivement rassuré sur les capacités de récupération de sa tante !

Au terme des politesses d'usage, le jeune homme ne tarda pas à raccrocher, avant d'aller se mettre au lit.

Pour une fois, pensa-t-il, *la nuit sera sereine…*

*

Sweeney se laissa tomber sur une chaise au confort spartiate puis, les bras tendus, maintint le haut de son corps en appui sur son club de golf, posé perpendiculairement sur ses cuisses.

Avant de s'adresser à son coéquipier :

— Ian, est-ce que tu veux vraiment que l'on s'installe ici ?

L'inspecteur McTirney commença par aller accrocher son imper humide sur le portemanteau qu'il venait de découvrir dans un angle de la pièce. Puis il s'assit à son tour derrière un large bureau en métal gris.

— Qu'en dis-tu ? sourit l'ancien. On ne pouvait pas rêver mieux… Un local rien que pour nous, au rez-de-chaussée de la mairie, avec tableau, téléphone, chauffage…

— …et les deux grandes prêtresses communales pour nous épier, râla Sweeney. Non mais, est-ce que tu as vu ? Elles n'arrêtent pas de nous reluquer depuis que nous sommes entrés. La pièce ne ferme pas et donne directement sur le hall d'accueil. Tu parles d'une intimité ! En plus, ces deux vieilles chouettes, là-bas derrière leur guichet, je suis sûr qu'elles vont passer leur temps à surveiller nos moindres faits et gestes pour, ensuite, se vanter de tout savoir de l'enquête.

— N'exagère pas… relativisa son collègue. Si j'ai bien compris, il s'agit d'un local qui sert de classe de repli à l'école communale, en cas de travaux notamment. J'ai trouvé le maire de Tayport très sympa sur ce coup-là. Quand je l'ai appelé hier matin, depuis la plage, il n'a pas hésité une seule seconde. Il m'a…

— Parlons-en de celui-là… continua de ronchonner Sweeney. D'accord, ce Terry Thomas est jeune, dynamique et avenant, mais si tu veux mon avis, beaucoup trop souriant pour être honnête. Avec cet œillet ridicule à la boutonnière, et son costume rayé si prévisible, on dirait le clone d'un conservateur londonien. Un vrai politicard, je parierais même qu'il leur est inféodé !

— Une vraie tête de suspect… se moqua McTirney. Écoute mon vieux, on s'en fiche. Tout ce qui compte, c'est qu'il nous a parfaitement accueillis ce matin. S'il est aux petits soins, je crois surtout que c'est parce qu'il compte sur nous pour démasquer l'assassin de la petite, ainsi que pour retrouver l'autre enfant de la ville. Si tu veux mon avis, ce gars est sincère.

— Oui, il n'a pas cessé de nous serrer la main. On aurait même dit qu'il était en campagne électorale.

— Mais arrête un peu de râler ! s'énerva son coéquipier. Et puis dis-moi, changea-t-il de ton : dans son bureau tout à l'heure, il m'a semblé que tu étais beaucoup plus aimable, n'est-ce pas ? L'effet de la demoiselle au tailleur rouge ? le piqua-t-il.

— Quoi ? se raidit le jeune inspecteur. Qu'est-ce que tu vas chercher. Ceci dit, son assistante est charmante.

— Miss Shandra AlMwar, lui rappela McTirney. Un modèle d'intégration : origine pakistanaise, première génération née au Royaume-Uni, et des études réussies à la célèbre université de St Andrews. À vingt-quatre ans, chapeau!

— J'ai l'impression que ce n'est pas uniquement pour les mensurations de son CV que le maire l'a engagée… insinua son collègue.

— Jaloux! se moqua l'ancien. Avoue qu'elle t'a tapé dans l'œil, toi aussi.

— Ne te méprends pas, se défendit Sweeney. Je suis sérieux… Cette jeune femme lui sert d'alibi politique. En nous détaillant son brillant parcours, comme il l'a fait ce matin, Terry Thomas l'utilise pour se mettre lui-même en avant. Il se donne bonne conscience en affichant cette mixité positive à l'hôtel de ville. C'est toujours bon pour son image.

— Et sa réélection, acquiesça McTirney. Forcément.

— Tu vois… tenta de le convaincre son coéquipier.

— Toutefois, reprit son collègue, je trouve très pratique que nous ayons pu nous installer à Tayport même, là où résident les deux familles. Ce sera plus rapide pour…

— Ce sera plus rapide pour les journalistes de nous trouver, oui! le devança l'horripilant Sweeney. Ils sauront très vite où nous dénicher.

— Tu rigoles? le contra McTirney. Avec nos deux cerbères dans le hall d'accueil, nous sommes tranquilles. Pas un seul de ces fouineurs n'osera s'aventurer jusqu'ici.

— Tu as raison, se détendit un peu le jeune inspecteur, en esquissant un sourire.

Mais il enchaîna aussitôt:

— En revanche, hors de question que je dorme à Tayport.

— Quoi ? Tu n'as pas pris tes affaires ? s'étonna son collègue. Ne me dis pas que tu comptes faire les soixante miles depuis Édimbourg tous les matins ?

— Si, et le même trajet tous les soirs, s'obstina le barbu.

— Avec le temps qu'il fait… maugréa McTirney. Et puis la fatigue que cela va générer… Je ne peux pas t'obliger, mais… De mon côté, ajouta-t-il encore pour décider Sweeney, je me suis bien débrouillé : j'ai déniché une pension très bien tenue par une ancienne, Mrs Dunbar, une veuve de marin. Mes fenêtres donnent sur la mer, le lit est impeccable, et la dame te sert un petit déjeuner du tonnerre. Ce matin, j'ai eu droit à du haddock fumé, poché dans du lait et des œufs, le tout sur des toasts beurrés. Un délice !… Je crois qu'elle loue une autre chambre au sous-sol. Si tu veux, je peux lui en…

— N'essaie même pas ! le dissuada Sweeney. Je t'ai dit que je rentrais à Édimbourg, point final… D'ailleurs, enchaîna-t-il, si on s'y mettait ? Je ne voudrais pas repartir trop tard.

— Mais qu'est-ce que tu as ? lui demanda McTirney. C'est à cause de ta tante, n'est-ce pas ? Tu es inquiet pour elle, je comprends… Ça se passe mal, c'est ça ?

— Mais non ! protesta le jeune homme. Tante Midge est entre de très bonnes mains, tout va bien… De toute façon, avec mes horaires, je ne peux quasiment plus lui rendre visite.

— Eh bien justement, insista son coéquipier. Qu'est-ce qui t'empêche de…

— Bon, on commence ? le pressa Sweeney.

Contrarié, mais également inquiet, McTirney comprit que, dans l'immédiat, il ne servait à rien de braquer davantage son collègue. Pour donner le change, il fit alors mine de vérifier le contenu de ses tiroirs, puis testa la tonalité du téléphone sur le bureau. Mais, au final, ce fut sa colère qui reprit le dessus :

— Il faudrait que tu cesses de toujours te placer au centre… insinua-t-il, le regard dans le vide.

— Quoi ? Qu'est-ce que tu veux dire ?

— Tu m'as très bien compris, le fixa cette fois McTirney. Tu ne penses qu'à toi… Tout à l'heure, au domicile des familles, j'avais honte. Tu n'en avais rien à faire de leurs déclarations. J'ai presque été le seul à leur poser des questions. Et toi, tu t'es comporté comme un fantôme… C'en était indécent.

La critique fit mouche. Sweeney, en baissant la tête, montra qu'il accusait le coup.

— C'est vrai, reprit son collègue. Si tu ne veux pas mener cette enquête avec moi, dis-le tout de suite. J'appelle Wilkinson, je lui explique pour ta tante, et il m'enverra Blur. Le bleu sera ravi de prendre ta place.

La menace n'était pas feinte. Sweeney sentait que, pour la première fois en sept ans, son tandem avec Ian ne fonctionnait pas. Et par sa seule faute… Ses pensées ne parvenaient pas à se détacher du combat que menait sa tante contre la maladie, et certainement essayait-il de compenser son impuissance en ressassant inlassablement les mêmes idées noires… Qu'en aurait pensé tante Midge ? Probablement aurait-elle désapprouvé ce manque d'entrain, qui nuisait au soutien qu'il était censé apporter aux familles des victimes… Et puis… Zut ! Et si, pour une fois, il profitait des circonstances pour penser par lui-même ?

En un instant, sa décision fut prise. Sweeney lâcha son club de golf. En s'aidant de ses deux mains, il arracha un curieux petit boîtier gris du fond de l'une de ses poches. Puis il plaça l'appareil sur la table, juste devant lui.

Un sourire plus tard, le jeune barbu déclenchait la bande de son dictaphone, avant de déclarer à McTirney :

— Alors ce point, est-ce qu'on le fait ?

— Tu utilises encore une bande magnétique ? s'étonna McTirney en observant le mouvement rotatif de la cassette. Tu sais qu'il existe…

— Oui oui, le coupa Sweeney. Mais celui-là fonctionne parfaitement, j'y suis habitué… Alors, les familles ? relança-t-il.

— Deux familles assez comparables, commença McTirney. Des familles ouvrières, pauvres, et sûrement un peu frustes.

— Ça m'a rappelé mon quartier d'Aberdeen, intervint son jeune coéquipier. Le même genre de vieilles maisons en granit, exposées au vent et aux rigueurs de la mer du Nord… L'abord paraît rude, mais ce qui compte, c'est la chaleur qui règne à l'intérieur.

Il va encore s'attendrir, craignit aussitôt McTirney. *Passons à autre chose, et vite ! Si je le laisse poursuivre dans cette direction, il va de nouveau penser à sa tante, et nous n'avancerons plus. Enchaînons !*

— Commençons dans l'ordre de nos visites, reprit l'ancien. Par la famille de la petite Sue, si tu veux bien. Comment est-ce que tu les as trouvés ?

— Anéantis... répondit immédiatement Sweeney. Ils sont sous le choc, ils ne comprennent pas... Pour l'instant, même la recherche du coupable leur semble superflue. Ils ont besoin de faire leur deuil, la colère viendra plus tard.

— Mmm... C'est juste, approuva McTirney. Mais tout de même, fit-il remarquer, est-ce que le comportement de la mère ne t'a pas semblé bizarre ? Alors que nous étions au salon, avec le père et son aînée, elle est restée dans l'entrée, à repasser son linge... Bon d'accord, elle a participé à la conversation – plus que toi d'ailleurs, égratigna-t-il son collègue au passage – mais j'ai trouvé étonnant qu'elle ne vienne pas s'installer avec nous.

— Oui. Même si je ne me suis pas beaucoup exprimé, concéda Sweeney, j'ai toutefois observé son manège. Peut-être qu'un psy te dirait que tout cela est normal ; que, à sa manière, elle compense. En effectuant cette tâche ménagère si quotidienne, il est possible qu'elle y trouve une source d'apaisement, un peu de normalité dans cette horreur qui la submerge, ou tout simplement, un moyen de ne plus penser... Tu sais Ian, je crois que nous ne percevons qu'une part infime de la douleur de cette mère. Tout cela est peut-être au-delà des mots.

— Mmm ? parut douter McTirney. Et si, en réalité, cette femme était insensible ?

— On a déjà vu le cas, confirma son coéquipier. Mais là, je n'y crois pas trop.

— OK, admit son ancien. Et le père ?

— Lui paraît plus affecté… Il a l'air d'avoir beaucoup pleuré.

— À vue de nez, je dirais qu'il est alcoolique, estima McTirney. Est-ce que tu as vu son visage ?

— Il ne serait ni le premier ni le seul sur cette partie de la côte, objecta le jeune inspecteur. Et ça n'interdit pas d'avoir de la peine.

Avant de poursuivre :

— Non pour moi, des trois, c'est encore la sœur aînée qui semble aller le plus mal.

— La *demi*-sœur, corrigea son collègue. Elle s'appelle Anderson, pas Cunningham.

— C'est vrai, se souvint Sweeney. Anna Anderson, elle nous a dit avoir seize ans… La fille d'une première union ?

— Pas sûr. Anderson, c'est également le nom de jeune fille de la mère… Est-ce que le « géniteur » ne l'aurait pas reconnue ?

— C'est toujours possible… soupira le barbu. Mais dans l'immédiat, ce n'est pas le plus important. Je crois qu'elle se sent terriblement coupable de ne pas être parvenue à stopper les deux gamins avant-hier. Elle aura du mal à s'en remettre.

— Qu'y pouvait-elle ? jugea McTirney. Elle ne pouvait pas prévoir.

— Bien sûr, approuva-t-il. Mais tout de même, son malaise était particulier… Je peux me tromper, mais je l'ai trouvée très coincée. Elle ne nous regardait pas en face, et ses réponses étaient aussi courtes que possible… Tu crois qu'elle nous a tout dit ?

— Pour ma part, je parierais plutôt sur de la timidité. Anna est un peu forte, et son tee-shirt moulant, ainsi que sa minijupe en jean, n'étaient pas faits pour la mettre à son avantage. Non, elle manque simplement d'assurance. Et puis notre présence devait l'impressionner… À quoi penses-tu ? finit cependant par lui demander son coéquipier.

— Je ne sais pas… Ce n'est qu'une hypothèse, mais si elle avait vu la voiture qui a emmené les deux petits ?

— Alors pourquoi ne nous le dirait-elle pas ? Et puis, de toute façon, qu'est-ce que tu en sais, toi, qu'une voiture les a embarqués ?… Non, les vélos auraient été abandonnés sur place. Ce n'est pas ça… Ne va pas trop vite, lui reprocha McTirney. Il faut veiller à ne pas se faire d'idée préconçue. À ce stade de l'enquête, tout est encore possible.

— Tu as raison, acquiesça Sweeney. Pourtant, je jurerais que…

— OK c'est bon, on l'interrogera à part ! s'agaça son coéquipier. Mais pas tout de suite, hein ? Laissons passer les funérailles, ce sera moins compliqué après.

— Oui, sauf que personne ne sait encore quand elles auront lieu… La légiste ne t'a toujours pas appelé ?

— Non, tu fais bien de m'y faire penser, reconnut McTirney. Depuis hier après-midi, l'autopsie a pourtant déjà dû avoir lieu. Ce n'est pas normal.

— Vérifie auprès des collègues de Dundee, lui suggéra le barbu. Elle ne te connaissait pas, peut-être a-t-elle communiqué les résultats à ses contacts habituels ?

— Bonne idée, lui sourit l'ancien. J'appellerai dès que nous aurons terminé.

— Et sinon, chez les Sharps ? enchaîna Sweeney. Je dirais que l'ambiance n'est pas meilleure.

— Pourquoi, elle devrait ? ironisa McTirney. Mets-toi à leur place : on est sans nouvelles de leur garçon depuis quarante-huit heures ; la petite avec laquelle il est parti a été retrouvée poignardée et violée, sans compter la rumeur qui fait du gamin son éventuel assassin. Tu pensais franchement qu'on les trouverait en plein *cèilidh*[11] ?

— Oui, c'est vrai... concéda le jeune inspecteur. Chez eux aussi, c'est l'inquiétude qui domine. Même si j'ai cru ressentir une certaine colère.

— Bien sûr. Ils supportent mal que David puisse être soupçonné d'avoir fait du mal à une gamine que, selon les dires des deux familles, il adorait.

— Mmm... murmura Sweeney. Mais je crois aussi... Au fait, dit-il, changeant brusquement d'idée, puisque l'on parle du petit, est-ce que Wilkinson t'a rappelé pour les battues ? Il est d'accord ?

— Ah oui ! Je l'ai eu ce midi pendant le déjeuner. Tu étais parti aux toilettes... Oui, c'est bon. Les autres patrons du coin ont également donné leur feu vert. Nous aurons dès demain une douzaine d'agents, deux équipes de plongeurs, ainsi qu'une compagnie de l'armée de terre à notre disposition.

— Tu as dit « une compagnie » ? répéta Sweeney, étonné. Combien ça fait d'hommes, environ ?

— Le commissaire m'a parlé d'une centaine, répartis en cinq groupes. Ils appartiennent à un bataillon d'infanterie de l'Angus dont le départ pour l'Irak vient d'être différé... Un vrai coup de chance, apprécia l'ancien.

---

11. Prononcer kay-lay*; soirée de divertissement où l'on joue de la musique traditionnelle, où l'on chante et où l'on danse.*

— Et c'est toi qui vas coordonner tout ça ? Mon colonel ! se moqua son jeune collègue en imitant le salut militaire.

— Ne rigole pas trop, le reprit McTirney. Le petit David n'a toujours pas donné signe de vie. Il peut être blessé, détenu quelque part, ou pire encore... Ce que nous pourrions découvrir risque de ne pas être très agréable. Et puis je ne dois pas me planter. Il ne faudra rien négliger : les cours d'eau, à commencer par l'estuaire, les étangs, les zones dangereuses, les cabanes où il aurait pu trouver refuge, au moins entre Tayport et Wormit. La journée de demain n'y suffira pas... Quand je pense qu'il va falloir que j'organise tout ce cirque sans vraiment connaître la région... s'inquiéta-t-il.

Oh là... comprit Sweeney. *Je le vois venir : Ian va vouloir que je reste ce soir pour l'aider. Vite, changeons de sujet !*

— La mère et les trois autres garçons n'y croient pas une seconde... déclara soudain le jeune barbu.

— Hein ? sursauta McTirney qui, visiblement, réfléchissait déjà aux préparatifs du lendemain.

— Je veux dire, précisa l'inspecteur : à la culpabilité de David. En revanche, le père est beaucoup moins catégorique... À plusieurs reprises, il s'est même emporté contre son fils. Je me souviens qu'il nous a carrément dit : « Cette fois, c'est le bouquet ! », en évoquant la possibilité que David ait pu agresser la petite Sue. Il n'a même pas utilisé le conditionnel... souligna-t-il encore.

— C'est normal, répliqua McTirney. Cela fait deux jours qu'il le recherche en vain, il est à bout. Et forcément inquiet... En plus, si j'ai bien compris,

David lui aurait désobéi en se rendant au domicile de la gamine.

— Il faudra tout de même qu'on leur demande les raisons de cette interdiction, fit remarquer Sweeney.

— Oui… répondit évasivement son coéquipier. Et puis nous en avons déjà parlé, ajouta-t-il : un gosse de onze ans n'est pas un agresseur sexuel. Un mauvais élève, un chenapan, un effronté, je veux bien. Mais pas un violeur, et encore moins un assassin pour cette raison si particulière… Non, si le père Sharp est en rogne, je crois que c'est pour lui une façon de se protéger. Sa colère est un masque, un moyen de rester digne et volontaire. Parce que s'il se laisse aller, il risque de s'effondrer lui aussi. Or c'est un père de famille – quatre garçons en plus –, et cette hargne que tu as relevée n'est, à mon avis, rien d'autre que l'aiguillon qui l'aide à tenir le coup. Tu vois ce que je veux dire ? conclut McTirney.

— Analyse pertinente, le félicita son jeune coéquipier.

— Mais mes analyses sont *toujours* pertinentes, plaisanta l'ancien.

— Ce qui est inquiétant, voulut poursuivre Sweeney, c'est évidemment qu'aucun témoignage sérieux ne nous est encore parvenu. On a l'impression que les deux gamins, après qu'Anna les a vus partir à vélo, se sont aussitôt volatilisés.

— C'est juste, l'approuva son collègue. Et il est également surprenant qu'aucun des deux VTT n'ait été retrouvé, pas même celui de la petite. Par ailleurs, il est peu probable que David Sharp ait pu conserver les deux bicyclettes.

— En effet… En imaginant même qu'il ait agressé Sue, et qu'il l'ait accompagnée jusque sur la plage, je ne vois pas pourquoi ni comment, de nuit, il serait remonté avec les deux VTT depuis le bord du fleuve. La pente est plutôt raide.

— Bonne remarque, nota McTirney. N'empêche… Si nous n'avons pas de ses nouvelles d'ici demain soir, la situation va vite s'envenimer. Je vois déjà les titres des journaux, pâlit-il : *« Une fillette assassinée ! Son camarade David Sharp a disparu ! Que fait la police ? »*. Si nous ne trouvons aucun indice durant les battues, si aucune piste valable ne s'offre à nous, je te dis que l'on va vite parler de nous. Et en bien ! continua de s'inquiéter son coéquipier.

— Ne t'en fais pas pour ça. J'ai l'habitude, lui sourit Sweeney.

— Rigole… Mais je t'avoue que je serai soulagé quand ce garçon sera rentré chez lui… Quoi qu'il ait pu faire, ajouta-t-il.

— Pour l'instant, nous n'avons pas perdu de temps Ian, voulut le rassurer son coéquipier. C'est vrai : dès ce matin, nous avons fait le tour de la famille proche et des camarades qui auraient pu héberger le gamin ces deux dernières nuits. Et ça n'a rien donné. Personne n'a vu David, aucun appel téléphonique, rien… On a réellement le sentiment que David Sharp s'est volatilisé.

Toujours fébrile, McTirney déclara tout de même :

— On n'a pas ratissé Wormit non plus, à l'exception des quelques maisons proches de la scène de crime. C'est insuffisant, se reprocha-t-il. Il faudrait…

— Ho ! On ne peut pas aller plus vite, protesta Sweeney. Je te rappelle que nous ne sommes que deux, et que nous suppléons déjà les collègues du secteur. D'ailleurs, où est-ce qu'ils en sont avec leur gang de braqueurs ? C'est fini ?

— Non, je ne crois pas. Wilkinson me l'aurait dit.

— Tu vois, ça va durer… Alors que dorénavant, c'est peut-être nous qui aurions besoin d'aide. C'est vrai : qui sont les détraqués de la région ? J'aimerais bien qu'ils nous en parlent un peu, les collègues de Dundee, histoire de cibler au plus vite les types susceptibles d'avoir fait ça.

— Tu fais bien de m'y faire penser. Je souhaiterais que tu t'en occupes, le pria son coéquipier. Puisque je vais devoir coordonner les battues de demain…

— Pas de souci, accepta le jeune barbu. Mais dis-moi, tant que nos collègues ne seront pas plus disponibles, je ne vois pas comment je vais…

— T'inquiète… Je t'ai déjà mâché tout le travail, sourit fièrement McTirney.

— Quoi ? Comment ça ?

— Oui. Ce matin, avant que tu n'arrives, j'ai eu le temps de passer quelques coups de fil. Même si les autres inspecteurs sont toujours en prise avec l'affaire du casse, il reste tout de même une poignée d'agents dans les commissariats.

— Et alors ? s'impatienta Sweeney.

— Alors nous devrions voir arriver les premiers fax dès ce soir, ou demain matin au plus tard. J'ai contacté Dundee, Perth et St Andrews, précisa son coéquipier. Tous vont nous éditer la liste des types susceptibles de nous intéresser. A priori, dans cette catégorie, leurs fichiers ne seraient pas trop épais.

— Souhaitons-le, espéra le jeune homme.

— C'est un bon début, non ?

— Euh oui... Merci, Ian.

— Pas de quoi.

Sweeney profita de la fin de cet échange pour éteindre son dictaphone et le remettre en poche.

— Qu'est-ce que tu fais ? s'étonna McTirney.

— Eh bien... Nous avons terminé, n'est-ce pas ?

— Comment, tu ne restes pas ?

Gêné, le jeune homme se leva tout en tournant le dos à son coéquipier.

Il ramassa son club de golf, avant de répondre enfin :

— Non, pas ce soir... Écoute, Ian : je ne sais pas ce qu'il se passe, mais il faut que je rentre. C'est plus fort que moi, tu comprends ?

— Mmm, comme tu voudras... bougonna McTirney, déçu.

— Merci. À demain.

Sweeney se dirigea sans tarder vers la porte de la mairie.

Désappointé, son coéquipier l'observa s'éloigner, canne sur l'épaule : *Mais quelle mouche le pique ? Même si je suis parvenu à le vexer tout à l'heure et, ainsi, à le remettre en selle, je sens que quelque chose ne va pas... La maladie de sa tante bien sûr, mais cela fait déjà plusieurs semaines que le diagnostic est connu. Et jusqu'à présent, je trouvais que Sweeney gérait plutôt bien la situation... Ou alors, peut-être que l'état de la vieille dame s'aggrave et qu'il ne veut pas m'en parler,* envisagea-t-il.

Avant de se raviser : *Non, je le connais trop bien. Ce sont des sujets qu'il sait pouvoir aborder avec moi...*

Bon sang, je ne sais toujours pas ce qu'il se passe avec Sweeney, mais cette fois, je jurerais qu'il s'agit de quelque chose d'inhabituel…

Détraqué

Décembre avait fini par prendre ses quartiers dans l'est de l'Écosse.

Hypnotisé par le balai incessant de ses essuie-glaces, Sweeney quitta sans réfléchir la M90 au sud de Perth, pour bifurquer vers Newburgh, en direction des rives du Firth of Tay. Quinze jours déjà que le jeune inspecteur répétait ce trajet immuable, matin et soir, dans une nuit souvent pluvieuse et dorénavant glaciale. Le Fife avait même fini par lui en devenir insupportable. Comme l'insupportait ce bruit inquiétant de courroie usagée qui, dès que l'Escort ralentissait à l'approche d'un rond-point ou d'un stop, commençait à siffler. Car jamais la Ford n'avait accumulé autant de kilomètres. Quinze jours que Sweeney faisait la navette entre Édimbourg et Tayport, et déjà près de trois mille kilomètres au total ! Quinze jours aussi que le jeune homme n'allumait plus la radio… Il préférait rester seul avec ses pensées. À dire vrai, l'enquêteur se sentait épuisé.

À l'hôpital, tante Midge n'allait pas mieux. Au contraire… Le professeur Baine insistait pour qu'une seconde opération fût programmée après les fêtes.

Pourquoi si tard? s'inquiétait Sweeney. Le médecin repoussait-il l'échéance pour permettre à la vieille dame de profiter d'un dernier Noël en famille? Cette hypothèse le faisait frémir. Car même si Baine prétendait devoir attendre les résultats d'examens complémentaires, ainsi que vouloir s'assurer de l'efficacité des premiers traitements, le jeune homme ne pouvait s'empêcher d'imaginer que le cancérologue s'efforçait en réalité de lui cacher le pire des scénarios.

Pendant ce temps, tante Midge ne cessait de s'affaiblir, tout en perdant courage, et Sweeney enrageait de ne pas pouvoir passer la voir plus de deux fois par semaine. Le week-end précédent, cette maudite enquête dans le Fife l'avait même retenu à Tayport, l'obligeant à annuler sa visite dominicale au dernier moment.

Et tout ça pour rien! pesta l'inspecteur. *Pas un seul indice n'est venu…*

Tout à coup, Sweeney se rendit compte qu'il abordait beaucoup trop vite la courbe à la sortie de Newburgh. La pression réflexe qu'il exerça sur sa pédale de frein, sur une route détrempée, entraîna aussitôt la Ford dans la voie de droite. D'instinct, le conducteur réalisa que, s'il voulait retrouver le contrôle de son véhicule, il devait au plus vite cesser toute action sur le frein. Le temps de retirer son pied, et la voiture reprit de l'adhérence. Mais au même instant, un camion surgit face à lui, pleins phares en alerte et sirène hurlante.

Par miracle, au dernier moment, Sweeney réussit à ramener l'Escort dans la voie de gauche. Le semi-remorque frôla la voiture dans un bruit d'enfer, la couvrant d'eau sale, de gravillons, et... de coups de klaxon!

Puis les feux rouges du camion disparurent dans le rétroviseur.

Enfin, une ligne droite plus rassurante s'ouvrit de nouveau devant la Ford.

La décharge d'adrénaline qui s'ensuivit vida Sweeney de toutes ses forces. Le jeune homme eut l'étrange sensation que, d'un coup, la mort venait de quitter ce corps dont elle se croyait déjà la propriétaire.

P... Archie, fais gaffe! fut la première pensée que sa réflexion, de nouveau en éveil, parvint à lui transmettre. Quelques centaines de mètres plus loin, son intellect se manifesta à son tour sous la forme d'un reproche: *Et puis, si tu veux pouvoir consacrer plus de temps à tante Midge*, songea-t-il, *eh bien, cette enquête, tu n'as qu'à la résoudre!*

Ce n'est qu'en pénétrant dans Tayport, alors que la pluie et la nuit, telles des amantes assoupies, recouvraient encore le corps de l'estuaire, que Sweeney parvint enfin à concentrer ses pensées sur l'affaire en cours: *Pas étonnant que nous n'avancions pas*, ronchonna-t-il. *Les battues, tout comme les sondages effectués par les plongeurs, n'ont rien donné. McTirney s'est même persuadé que, puisqu'il connaissait mal la région, il avait dû oublier des sites importants. À sa décharge, les moyens que l'on nous avait confiés au début de l'enquête ont fait long feu: dès le deuxième jour, le bataillon de l'Angus est finalement parti pour l'Irak.*

Puis les agents de police de la région se sont empressés de retourner pantoufler dans leur commissariat. Il y faisait plus chaud, et plus sec, que sous la pluie cinglante du Firth of Tay! ironisa-t-il. *Enfin*, s'obstina-t-il à râler, *nous avons vite senti que nos collègues locaux, vexés d'avoir laissé filer leur fameux gang, prenaient un certain plaisir à voir les deux flics de la capitale s'embourber dans les tourbières du Fife... Comme si nous étions responsables de leur propre déconvenue. Oui, comme si nous étions le bouc émissaire idéal!* s'agaça-t-il. *Voilà le rôle qu'ils voudraient nous faire jouer!*

Sweeney contourna le bâtiment de la mairie de Tayport par la droite, puis alla stationner son véhicule dans une rue perpendiculaire. En coupant le moteur, et avant de sortir affronter le vent humide de la mer du Nord, le policier prit le temps d'une dernière réflexion: *Bon... Et le petit David Sharp, toujours aucune nouvelle... Pour ses parents et ses trois frères, l'attente est devenue insupportable. Comment leur dire, et comment leur faire accepter, qu'il n'y a dorénavant plus rien à espérer? Il est à peu près certain que le garçon aura connu un sort comparable à celui de sa camarade Sue. Mais sans le corps du petit, comment faire son deuil? Non, c'est intolérable,* jugea-t-il enfin.

Sweeney s'empara de son club de golf, avant de quitter l'abri douillet de l'habitacle. En déclenchant le verrouillage automatique des portes, il pensa encore: *Le plus rageant, et le plus gênant pour nos investigations, c'est qu'aucune trace ADN n'a été détectée sur le corps de la gamine. La pluie battante qui s'est abattue sur elle durant la nuit ne nous a certainement pas aidés. Et puis...* Il se souvint d'un détail sordide, et avala difficilement sa salive, *la légiste est formelle:*

le salopard qui a violé Sue s'est servi de ses doigts, ne nous laissant aucun indice exploitable. Et même si, ce matin, Ian veut que nous fassions le point sur nos trois « suspects » les plus intéressants, nous n'avons toujours rien de sérieux à leur opposer. Même pas l'arme du crime. Ah, si je pouvais coincer ce détraqué… maugréa-t-il, les doigts crispés sur le manche de sa canne.

En remontant la rue, la barbe déjà rincée par une pluie qui s'abattait par paquets en cinglant murs et trottoirs, Sweeney se souvint que, huit jours plus tôt, le même temps régnait déjà lors de l'enterrement de la petite victime. *Un tout petit cimetière, et un tout petit cercueil,* s'émut-il, *mais une foule incroyable. La ville entière s'était donné rendez-vous autour de la famille Cunningham… Avec Ian, nous avons préféré nous tenir en retrait. Pour observer d'éventuels comportements suspects, mais aussi pour éviter d'être pris à partie par les habitants. Parce que depuis dix jours, les regards ont changé… À croire que les gens se sont passé le mot avec les inspecteurs du coin : comme si le fait de venir d'Édimbourg ne nous donnait aucune légitimité pour nous occuper de ce cas. Comme si cela nous rendait incompétents !… Non, les habitants finissent par nous dévisager comme si nous étions nous-mêmes des suspects. Et ça ne les incite pas à coopérer : aucun indice, aucun témoignage probant, nada ! Soit Tayport se tait, soit – et c'est plus probable – personne n'a rien vu. Car il faut bien le reconnaître,* finit par se résigner Sweeney, *deux gamins en train de faire du vélo sous la pluie, quoi de plus banal en Écosse !… Personne n'a rien remarqué.*

Le jeune inspecteur atteignit enfin le perron de la mairie et repoussa avec soulagement les battants de la porte d'entrée.

*

— Sweeney, est-ce que tu veux un café ? lui proposa McTirney, les coudes en appui sur le bureau.

— Mmm… Envoie la cafetière, répondit son jeune coéquipier, avachi dans un fauteuil.

L'ancien se retourna, tira le récipient, puis pivota pour le tendre à son collègue. Sans même penser à le remercier, Sweeney se remplit un plein mug avant de commencer à y tremper ses lèvres couvertes de barbe rousse.

— C'est bien. Ce matin, tu n'étais pas en retard, voulut le féliciter McTirney, comme pour l'inciter à démarrer leur échange.

Mais son jeune coéquipier, l'air absent, continua de laisser traîner un regard las à travers le local de fortune que les deux hommes occupaient depuis maintenant plus de deux semaines.

— Cette humidité dans la pièce, fit entendre Sweeney en frissonnant, je finis par en avoir la nausée.

— Tu n'as qu'à mieux te couvrir, lui fit remarquer son ancien. Regarde-toi : si au moins tu portais un manteau, ça t'éviterait d'arriver trempé au bureau.

— Mmm… fit semblant d'approuver le jeune homme.

Puis il enchaîna :

— Et les deux mégères dans le hall, là… Je ne supporte plus leur regard dédaigneux. Pour qui se prennent-elles à la fin ? C'est vrai, on dirait…

— Fais comme moi, le coupa McTirney. Ignore-les. C'est encore ce que tu as de mieux à faire.

— Pff… soupira le policier qui, toujours aussi bougon, poursuivit ses jérémiades :

— D'ailleurs, elles ne sont pas les seules à nous battre froid… Est-ce que tu as vu comment le maire, et même sa collaboratrice à présent, nous prennent de haut ces derniers jours ?

— Qu'est-ce que ça peut te faire ? riposta son collègue. Je croyais que tu ne les aimais pas. Ou bien, essaya-t-il pour le faire sourire, serais-tu déçu de ne pas avoir tapé dans l'œil de la jolie Shandra ?

Mais Sweeney ne broncha pas, et se contenta de déglutir une nouvelle gorgée de café. McTirney en profita pour changer de sujet :

— Bon…Dis-moi, je voulais que l'on fasse un point détaillé sur nos trois principaux suspects, histoire de voir sous quel angle on peut tenter de les « accrocher ». Est-ce que tu as travaillé au moins ?

Plutôt que de mentir, ou d'avouer à Ian que depuis huit jours, il ne trouvait même plus le courage d'exploiter les bandes de son dictaphone, le barbu préféra donner le change et démarra au quart de tour :

— Notre angle d'attaque, commença-t-il, est assez évident : aucun des trois n'a le moindre alibi pour le soir du meurtre, et tous partagent un même passé de délinquant sexuel. C'est d'ailleurs pour cette seule raison que nous nous sommes intéressés à eux.

— Oui, merci pour ton aide : j'étais au courant ! s'agaça McTirney. Mais cette absence d'alibi, ou même le fait d'être fichés, ne suffisent pas pour les placer en garde à vue, tu le sais bien. Il faut donc que nous prenions la peine de réfléchir pour vérifier s'il n'y a pas quand même, dans leurs déclarations, un petit bout de la ficelle sur laquelle nous pourrions tirer.

— Ne compte pas sur moi pour te fabriquer un coupable, le prévint Sweeney.

— Ce n'est pas dans mes habitudes, lui rappela fermement son collègue.

— C'est vrai, concéda aussitôt son coéquipier.

— Alors dis-moi, reprit McTirney, qu'en penses-tu ? Est-ce que l'un d'entre eux pourrait être notre assassin ?

— Déjà, débuta le jeune inspecteur tout en reposant sa tasse, ils ne sont plus que trois à figurer sur nos tablettes. Tous les autres ont pu justifier de leurs faits et gestes le soir où Sue et David ont disparu.

— Tu vois que l'on progresse, lui lança l'ancien dans un sourire optimiste.

— Ian ! réagit Sweeney. Nous nous sommes bornés à interroger les types que les collègues de Dundee nous désignaient comme suspects potentiels. C'est insuffisant, lui rappela-t-il… En effet, si jamais le meurtrier était un primo-délinquant ? Ou un gars de passage, ou même un étranger ? Dans ce cas, en nous contentant de suivre la piste d'un récidiviste local, nous aurions complètement foiré et perdu notre temps.

— Parce que tu as mieux ? se vexa McTirney. Que voulais-tu que l'on fasse d'autre, sans indice et sans le moindre témoignage ? Tu sais parfaitement que c'était la seule option que nous pouvions, et que nous *devions* prendre… Fermons tout d'abord cette porte, proposa-t-il sur un ton plus posé, et si celle-ci s'avère définitivement étanche, alors nous pourrons envisager autre chose.

— OK, l'approuva le jeune barbu.

— Alors ? le relança McTirney. On commence ?… Que penses-tu déjà du premier, Brian Taylor ?

— Quelle dégaine ! rigola Sweeney. Pire que moi !

— Tu l'as dit, sourit son ancien. Avec ses lunettes épaisses, ses cheveux gras clairsemés, son blouson violet crasseux…

— …et ses grosses mains d'étrangleur, compléta l'inspecteur. Moi, il m'a carrément fichu la trouille.

— Une vraie tête de *serial killer*, confirma son coéquipier. Quel âge a-t-il, est-ce que tu te souviens ?

— Euh… La cinquantaine, répondit Sweeney. Mais il a déjà passé près de la moitié de sa vie en prison.

— Mmm, tu m'étonnes, avec son pedigree… Il avait déjà pris vingt ans pour les gamines de l'école, celles qu'il faisait monter dans son logement de fonction.

— Tu parles, c'était le concierge du collège ! compléta Sweeney. Les filles ne se méfiaient pas.

— Il a quand même réussi à en abuser plus d'une douzaine avant d'être arrêté.

— Une douzaine, oui… Pour celles qui ont osé parler, tint à souligner son jeune collègue. Ce type récidivera, ajouta-t-il, l'air préoccupé. Si ce n'est déjà fait.

— Ils récidivent presque tous, exagéra McTirney. Non, moi ce qui m'intéresse, c'est de savoir si c'est bien Taylor qui a pu agir.

— Bah ! Rappelle-toi, reprit son coéquipier : il nous a déclaré qu'il était toujours sans emploi, célibataire, et que ce soir-là, il regardait la télé, seul dans son appartement de Dundee. Un match de foot entre…

— Non, l'interrompit Ian. Je voulais dire : est-ce que le mode opératoire pour la petite Sue correspond, de près ou de loin, à ce qu'il a déjà fait par le passé ?

— Ah oui… comprit enfin Sweeney.

Avant d'enchaîner aussitôt :

— À notre connaissance, ce Brian Taylor n'a jamais tué personne. Violé oui, principalement des adolescentes ou de jeunes adultes ; et il ne s'en est pris qu'une seule fois à un garçon de douze ans, qu'il avait essayé d'entraîner à la sortie d'un match, à Édimbourg.

— Mmoui, tu vois : il aurait pu essayer d'en faire autant avec David et Sue, proposa McTirney.

— Il aurait pu… lui renvoya Sweeney, avec un sourire moqueur.

— Je comprends, devina son collègue. Tu n'y crois pas ?

— Ce n'est pas ça, expliqua-t-il, mais nous ne disposons d'aucun élément sérieux qui nous permette de relier ce pervers au meurtre de la petite Cunningham.

— Si tu pars comme ça, réagit McTirney, tu vas me dire la même chose pour l'autre gars de Dundee.

— Ken Chrichton ?… Non, c'est encore différent, modula-t-il son appréciation. D'ailleurs, celui-là détonne un peu dans notre trio de suspects.

— Je vois, reprit son coéquipier, tu veux parler de ses bonnes manières et de sa façon précieuse de s'exprimer ?

— Oui déjà, répondit Sweeney. Ce type paraît parfaitement réinséré : après avoir trouvé un premier boulot de *greenkeeper* dans un golf, à sa sortie de prison, il en est aujourd'hui devenu le directeur adjoint. Il nous a même dit avoir été nommé

« Responsable Écologie » par sa ligue de golf. Son entourage professionnel semble lui faire confiance… Et puis ce n'est pas tout : Chrichton n'a pas le profil d'un récidiviste. La gamine de seize ans qu'il avait étranglée, quand il était assureur, cela ressemblait plus à un crime passionnel, ou à une dispute d'amoureux qui tourne mal, qu'au crime de rôdeur auquel nous sommes confrontés.

— Quel crime de rôdeur ? protesta McTirney. Encore une fois, tu vas trop vite, reprocha-t-il au jeune inspecteur… Non, ajouta-t-il, ce Chrichton me paraît beaucoup trop lisse pour…

— … pour être honnête, c'est bien ça ? termina l'insupportable Sweeney. Mais regarde-toi Ian, le piqua-t-il : à peu de choses près, tu portes les mêmes costumes et les mêmes cravates que ce mec !

Ravi de sa boutade, le jeune homme partit se servir un second mug de café frais.

Agacé, son ancien ne lâcha pas l'affaire :

— Sois sérieux ! lui lança-t-il. Je ne te parle pas de ça, mais de son alibi : ça ne tient pas la route.

— Ni plus ni moins que celui de Taylor. Et d'ailleurs, je trouve rassurant que Chrichton ne cherche pas à s'en inventer un, jugea Sweeney en revenant s'asseoir. Lui aussi prétend avoir passé une soirée de célibataire, seul devant sa télé. À la différence près qu'il aurait regardé un DVD. Notre dandy n'apprécie pas le foot.

— Trop lisse, je te dis, trop lisse ! insista McTirney. Je n'y crois pas. Un gars comme lui célibataire ? Allons, soit c'est un pédophile, soit il est devenu homo en prison.

— C'est à ton tour de dire n'importe quoi, releva son collègue. Tu peux toujours t'énerver, ça ne changera rien au fait que, lui non plus, nous n'avons rien à lui opposer.

— Je sais, je sais… continua de ronchonner McTirney, tout en triturant un élastique.

— Et le dernier ? finit par proposer Sweeney, pour ramener son coéquipier à des considérations plus objectives.

— Rupert Lawson ? Je n'en pense rien… déclara McTirney, toujours contrarié.

— Eh bien pas moi, riposta le jeune inspecteur, l'air énigmatique.

— Pourquoi ? s'intéressa Ian. Tu ne l'aimes pas celui-là, hein ?

— Les deux autres non plus, confessa son coéquipier. Mais lui…

— Oui, eh bien quoi ?

— Son allure… sembla-t-il hésiter. Ce grand benêt de quarante ans, avec ses lunettes rondes et son physique disgracieux…

— C'est vrai, confirma McTirney. On dirait que son gros nez lui tombe dans la bouche.

— De prime abord, ce gars paraît inoffensif, un peu pataud même, incapable de faire du mal à une mouche. Mais est-ce que tu as remarqué ? Il joue un personnage : dès que l'on vient le chatouiller un peu avec une question plus dérangeante, ses yeux s'allument d'un coup. Il se ramasse sur lui-même, sa voix change, et l'on a l'impression qu'il est alors prêt à bondir. C'est ça : qu'il est prêt à te sauter à la gorge… Ce Lawson est un prédateur, j'en suis persuadé, conclut le jeune inspecteur.

— C'est surtout un pauvre type, répondit Ian, en modérant son jugement. Depuis sa sortie de prison, il y a six mois, le gars multiplie les petits boulots dans la région de Tayport : jardinerie, mécanique, ménage, etc. Curieusement, il paraît même très sollicité par son voisinage, et…

— Ah oui tiens, j'oubliais ça aussi ! le coupa Sweeney. Rappelle-toi que des trois, Lawson est le seul qui réside dans le même quartier que les familles Sharp et Cunningham. Il est également le seul à avoir pu observer les gamins et, peut-être, à les connaître.

— Tu te fais un film, objecta son ancien.

— Pas tant que ça, insista le jeune inspecteur. Reconnais au moins que c'est troublant… Et ce n'est pas fini : toi qui parlais d'alibi bancal pour Chrichton, dans le cas de Lawson, nous sommes servis ! Il nous a raconté qu'il était parti en voiture pour Édimbourg, mais qu'à mi-chemin, il avait finalement fait demi-tour en raison du mauvais temps et qu'il était rentré chez lui… Seul problème : la caméra routière sur la M90 ne l'a jamais filmé : ni sur l'aller, ni sur le retour !

— Son avocate a raison, lui rappela McTirney : les enregistrements de ces caméras de surveillance ne sont pas considérés comme des éléments de preuve.

— Et tu voudrais que je m'en contente ? s'emporta le jeune homme. Non et non : Lawson nous mène en bateau. Ce gars est un pervers, un vrai ; un manipulateur, beaucoup plus intelligent et calculateur qu'il ne veut le laisser paraître.

— N'oublie pas que ce Lawson a vraisemblablement fait douze ans de prison pour rien.

— Quoi ?

— Oui, insista son collègue. Même si un tribunal l'a condamné pour le meurtre horrible de deux petits garçons, lorsque les tests ADN ont commencé à être utilisés et que les échantillons des scellés ont enfin pu être analysés, ce n'est pas son empreinte génétique qui est apparue.

— Tu sais comme moi qu'à l'époque, les scellés ne faisaient pas l'objet des mêmes précautions et qu'ils ont pu être pollués par les enquêteurs eux-mêmes.

— Oui, mais admets aussi qu'il est tout à fait possible que nous soyons en présence d'un parfait innocent.

— Mais enfin… Je ne comprends pas pourquoi tu le défends ! s'offusqua Sweeney, la barbe en bataille.

— Je ne défends personne, répondit calmement Ian. Je veux juste que tu t'efforces de rester objectif, sans te laisser déborder par tes intuitions.

— Oui, eh bien ? Qu'est-ce qu'elles ont mes intuitions ?

McTirney commença par sourire, avant d'expliquer :

— Tes intuitions mon vieux, par expérience, je sais qu'elles peuvent être la meilleure comme la pire des choses… Et tu vois, ce qui fait la différence entre une bonne et une mauvaise intuition, c'est… une preuve ! lui asséna-t-il. Or, dans le cas de Rupert Lawson, et même dans ceux de Taylor ou de Chrichton, c'est précisément ce qui nous fait cruellement défaut.

Excédé par la leçon de son collègue – peut-être parce qu'elle était justifiée –, Sweeney explosa pour de bon :

— C'est toi qui voulais faire un point, non ? C'est toi qui voulais qu'on trouve un angle pour coincer ces mecs, non ?

Le jeune barbu ramassa son club de golf puis, tel un lion en cage, se mit à tourner autour des deux bureaux :

— Moi je propose, au moins… Moi j'essaie, au moins.

McTirney, mi-inquiet mi-narquois, l'observa poursuivre son manège.

— Quinze jours que nous sommes là, à tourner en rond… On n'avance pas d'un pouce, ça commence à bien faire… Moi je te le dis, ça ne sert plus à rien de rester à Tayport. On travaillerait aussi bien dans nos bureaux d'Édimbourg. Parce que là, dans ce trou à rats, je ne…

Son coéquipier estima qu'il était temps de siffler la fin de la récréation :

— Ça suffit ! s'écria-t-il, stoppant d'un coup les récriminations du jeune excité. Assieds-toi ! lui intima-t-il.

Avant d'enchaîner, une colère froide dans la voix :

— Maintenant, tu vas m'écouter… Je sais ce qu'il se passe pour ta tante ; je me doute à quel point tout cela te perturbe. Mais ce n'est pas en t'emportant de la sorte que tu l'aideras ou que tu te sentiras mieux. Au contraire… Ressaisis-toi ! Ta tante a besoin de toi, c'est un fait. Mais ici aussi des familles ont besoin de toi, et de ton travail. Et puis moi aussi, j'ai besoin de toi… conclut-il.

Sweeney n'osa pas lever les yeux.

Ian a raison… réalisa-t-il. *Je dois réagir… Je dois apprendre à faire la part des choses. Peut-être qu'en m'impliquant davantage, je trouverai la distance nécessaire avec la maladie de tante Midge. Peut-être aussi que je n'ai pas d'autre solution*, finit-il par comprendre.

Cette dernière pensée le soulagea.

— D'accord Ian, merci… parvint-il à déclarer.

Avant de se parler à lui-même :

— Oui, j'ai bien peur que, pour l'instant, le seul vrai détraqué de cette enquête, ce ne soit moi…

*

Ce même soir, au retour de son périple habituel depuis les rives du Firth of Tay, et après s'être contenté d'un « hamburger micro-ondes » pour tout dîner, Sweeney s'affala dans le sofa, son chien à ses côtés et son ordinateur sur les genoux. Sans motivation, en dépit des résolutions prises le matin même à Tayport, l'inspecteur fit défiler ses colonnes « Suspects », « Mobiles », « Indices » sans même les lire. Minuit approchait, et s'il voulait se ménager plus de cinq heures de sommeil, il était déjà temps de songer à éteindre l'appareil.

Soudain, un «boum», sourd et lourd, retentit depuis le grand placard de l'entrée. Sweeney releva la barbe, son teckel le museau, et les deux occupants de l'appartement fixèrent cette même direction comme s'ils guettaient le prochain bruit.

Ça recommence… pensa le policier.

Au bout de quelques instants, le silence régna de nouveau, à peine troublé par les gouttes de pluie qui continuaient de s'abattre contre les volets. Berthie jugea qu'il pouvait se rendormir, tandis que son maître se décidait à refermer ses fichiers.

C'est tous les jours en ce moment, se dit encore Sweeney. *À voir l'agitation de mon ratier, je parierais que c'est un animal qui se balade dans les murs.*

Un rongeur… envisagea-t-il, sans oser le nommer.

Le jeune homme replia son écran, puis repoussa l'ordinateur le long de l'accoudoir du sofa.

Je préfère encore ne pas en parler à Mrs Trench, réfléchit-il. *Elle prétendrait que si cette bestiole s'est faufilée chez moi, c'est parce que mon appartement est mal rangé! J'ai besoin d'une logeuse, pas d'une mère*… sourit-il. *Et puis si jamais l'envie lui prenait d'alerter le syndic, déjà que ce dernier prévoyait d'augmenter les loyers*… s'inquiéta le policier. *Non, il vaut mieux faire comme si je n'avais rien entendu*, conclut-il. *Ça ne sert à rien d'y penser non plus, comme ce fichu rêve qui ne cesse de se*…

«Boum» !

Sweeney sursauta: *Cette fois, ça vient de l'autre côté, des rangements de la cuisine*… estima-t-il.

Ce que s'empressa de lui confirmer Berthie en dévalant du canapé pour aller gronder devant la porte dédiée aux aliments en conserve.

Si c'est bien un rat, il a dû faire tomber une boîte, imagina l'inspecteur. *Mais comment fait-il pour passer aussi vite d'une pièce à l'autre? À moins… À moins qu'il n'y en ait plusieurs?* s'alarma-t-il.

N'y tenant plus, le jeune homme rejoignit son chien dans la cuisine, canne de golf à la main. Surexcité, le teckel avançait, trépignait, montrait les dents et n'allait pas tarder à aboyer.

— Berthie! Calme-toi! lui enjoignit son maître.

Si jamais ce n'est qu'un rat, se mit-il à douter, *c'est une drôle de réaction de sa part. Peut-être que je l'abandonne trop ces derniers jours. Mrs Trench s'en occupe parfaitement, mais je ferais bien de l'emmener avec moi demain, à Tayport. Ian va râler, c'est sûr, mais si je laisse mon chien seul plus longtemps, à courir après des rongeurs invisibles, il va devenir fou… Allez, ouste!* finit-il par se décider. *Occupons-nous de ce locataire indésirable!*

Sweeney ouvrit doucement le placard le plus proche, la tête de son sand wedge prête à fracasser le crâne du premier nuisible qui passerait à sa portée.

Rien. Pas un bruit.

Sauf Berthie qui, tout à coup, se mit à aboyer après le bœuf en sauce.

Qu'est-ce qu'il lui prend? s'étonna son maître. *Il n'y a rien!*

Le policier s'empressa d'ouvrir deux nouveaux placards. Tout aussi vides.

– Regarde Berthie, regarde! chercha-t-il à rassurer son chien, en lui désignant les aliments inoffensifs. Tu vois? Notre visiteur s'est sauvé.

Mais l'animal poursuivit son manège, comme s'il cherchait encore à en découdre avec un ennemi imaginaire.

Sweeney partit inspecter quelques meubles. Il constata rapidement que tout était en ordre, et que pas un seul objet ne semblait être tombé, ni même avoir été déplacé. Rien ne pouvait donc avoir provoqué le bruit à l'origine de la rage du teckel.

Subitement, le jeune Écossais sentit un courant d'air glacial qui se faufilait dans son dos.

Berthie cessa instantanément de gronder. Puis il dévisagea son maître, avec de grands yeux hébétés.

Sweeney demeura interdit, comme terrorisé.

Avant de lâcher:

— Il… Il y a quelqu'un?

Sale temps sur le Tay

Sweeney ne pensait pas que ce fût possible. Mais en ce deuxième jeudi de décembre, le temps qui régnait sur Tayport s'était encore dégradé. Le vent d'est s'engouffrait en hurlant dans les rues, crachant un détestable mélange d'eau de mer grise et de neige fondue.

L'inspecteur courut jusqu'à l'hôtel de ville, impatient pour une fois de retrouver les deux cerbères d'un hall si bien chauffé. Mais en entrant, à sa grande surprise, ce ne furent pas les dames mais son collègue McTirney qui l'accueillit. Déjà vêtu de son imper, les mains enfoncées dans les poches, le policier aux joues grêlées s'avança aussitôt vers lui :

— Salut Sweeney, viens… Je t'attendais.

Son coéquipier l'entraîna vers l'extérieur, jusque sous l'abri du porche étroit de la mairie.

— Qu'est-ce qu'il se passe ? s'inquiéta son jeune collègue. Tu as du nouveau, c'est ça ?

— Oui. La mère de la petite Sue m'a téléphoné tout à l'heure. Elle était en larmes. Le père n'est pas rentré depuis deux jours.

— Et alors ? s'étonna Sweeney. Je peux comprendre qu'il y ait du tirage dans leur couple, mais je ne vois pas en quoi ça nous…

— Attends ! s'énerva McTirney. Laisse-moi finir… Cunningham n'est pas rentré du travail lundi soir. Il n'y est pas retourné depuis – son patron l'a confirmé à sa femme –, et elle n'a toujours pas réussi à le joindre non plus. Son portable est éteint. Toutefois, elle croit connaître les raisons pour lesquelles il est parti. Elle m'a dit qu'elle et sa fille avaient des révélations à nous faire… Tu comprends ? Ça bouge enfin, se réjouit son coéquipier. Suis-moi. Elles nous attendent, conclut-il, avant de guider Sweeney vers son coupé Rover noir.

*

Bouillant d'impatience, McTirney fut le premier à sonner. Mrs Cunningham apparut rapidement. Elle portait un tee-shirt ample de couleur rose, un leggings noir et de ridicules pantoufles à moumoute. La mine défaite, ses cheveux courts sans le moindre soin, la mère de Sue semblait anéantie.

Ou peut-être ressemble-t-elle à ça tous les matins… s'amusa l'impertinent Sweeney.

Sans adresser un mot aux deux policiers, elle leur tourna le dos et se dirigea vers le salon où elle les avait accueillis quinze jours plus tôt. Les inspecteurs lui emboîtèrent le pas. Assise sur le canapé, jouant avec un chouchou distendu, sa fille Anna se trouvait déjà dans la pièce. Dans un curieux mimétisme, elle portait à peu près les mêmes vêtements que sa mère. Cette dernière prit place à ses côtés. Sans qu'aucune parole n'ait été échangée, McTirney et Sweeney comprirent qu'ils étaient invités à occuper les mêmes fauteuils que la fois précédente. Ils devinèrent aussi que Mrs Cunningham ne leur offrirait pas de café. D'ailleurs, aucune odeur ne provenait de la cuisine adjacente. La maison entière n'exhalait plus que le deuil et la détresse. Sans télévision allumée – *ce qui ne devait pas arriver souvent*, estima Sweeney –, ni tas de linge à repasser – *ce qui devait être encore plus rare…* –, la fille et la mère paraissaient avoir perdu toute raison de vivre.

Pour amorcer un semblant de communication, Sweeney sortit son dictaphone de sa poche, puis l'exhiba d'un air interrogatif. D'un hochement de tête, Elisabeth Cunningham fit alors signe qu'elle ne s'opposait pas à l'enregistrement de l'entretien. Un *clic* léger et discret se fit entendre sur l'angle de la table basse. Puis McTirney jugea que le moment était venu de rentrer dans le vif du sujet :

— Hem… Alors, Madame ? demanda-t-il simplement.

La mère se tourna immédiatement vers sa fille :

— Dis-leur, Anna. Dis-leur ce que tu m'as raconté.

L'adolescente continua de passer, puis de repasser nerveusement, ses doigts dans les nœuds improbables qu'elle inventait pour son chouchou. Les yeux agités, mais toujours braqués vers le sol, elle se mit alors à sangloter.

Sweeney sentit qu'Anna était au bord de la crise de nerfs. Il voulut l'aider, mais sa mère le devança :

— Des attouchements… lâcha-t-elle. Voilà ce que m'a dit ma fille… C'est pour ça qu'il est parti, enchaîna-t-elle sur un ton cette fois plus véhément.

Anna s'est confiée à moi le soir même de l'enterrement de sa sœur. Elle n'en pouvait plus, expliqua-t-elle encore. Cela faisait des années que ça durait, mais il lui avait interdit d'en parler. Alors, quand elle a appris ce qui était arrivé à Sue, vous comprenez… sous-entendit-elle.

Les deux policiers observèrent un silence gêné.

Avant que McTirney ne se décide à reprendre la parole :

— Madame… Mr Cunningham n'est pas le père d'Anna, c'est bien ça ?

— Non, confirma-t-elle. Une mauvaise rencontre. J'étais jeune… précisa-t-elle devant sa propre fille, avec des accents rauques de fumeuse que Sweeney n'avait pas encore détectés.

— Mrs Cunningham, enchaîna ce dernier, vous parliez d'attouchements. Il ne s'agit donc pas de viol ? voulut-il encore s'assurer.

— Oui. C'est ça, hein ? demanda-t-elle à Anna.

La jeune fille, toujours en pleurs et le front rouge de honte, se contenta d'acquiescer.

— Bien, commenta l'inspecteur. Je souhaitais également… voulut-il questionner cette dernière.

Mais, soudain, c'est Anna qui lui coupa la parole :

— J'avais… J'avais l'âge de Sue quand il a commencé, se lança-t-elle entre deux sanglots. Ça faisait un an que John était avec ma mère. Au début, je l'aimais bien. Il était gentil… Mais un soir, il est venu dans ma chambre, et ça a commencé… Quand ça le prenait… essaya-t-elle de poursuivre, mais sa voix se brisa, et les larmes coulèrent de nouveau.

McTirney, pour lui laisser le temps de se reprendre, préféra se tourner vers la mère :

— Madame, au risque de vous paraître cru, mais vous comprendrez qu'il s'agit pour nous de faire avancer l'enquête…

— Non, jamais de pénétration, le devança Mrs Cunningham. Si c'est ce que vous vouliez savoir.

— Euh… Oui merci, s'étrangla l'inspecteur, finalement plus gêné que la dame.

Même Anna s'empressa de secouer négativement la tête, comme pour mieux appuyer les déclarations de sa mère.

Brièvement désarçonnés, les deux enquêteurs semblaient à la recherche de leur prochaine question. Mais c'est une nouvelle fois Elisabeth Cunningham qui prit les devants :

— Et puis ce n'est pas tout, ajouta-t-elle, le menton haut.

— Quoi ? sursauta McTirney.

— Eh bien oui, reprit-elle. Le soir où Sue a disparu, John était sorti lui aussi.

— Comment ? s'étonna Sweeney.

— Il voulait que je me taise pour ça aussi, leur apprit Anna. En fait, expliqua-t-elle, Mister Sharp est venu à la maison ce soir-là. Il espérait que John l'aiderait à rechercher son fils et Sue. Il faisait nuit depuis un bon moment déjà, et tout le monde s'inquiétait… John a refusé. Il a dit qu'il rentrait à peine du boulot, qu'il voulait d'abord attendre que ma mère rentre elle aussi, et que les deux petits allaient sûrement revenir d'eux-mêmes. Puis on a dîné ensemble… Mais quand il a vu qu'il était déjà plus de vingt heures, il a finalement décidé de sortir à son tour pour essayer de les retrouver. John a pris sa voiture, puis est revenu un peu après vingt-et-une heures, juste avant que maman ne rentre du travail… Ensuite, il m'a demandé de ne pas lui dire qu'il était sorti et de n'en parler à personne. Moi, sur le coup, j'ai juste pensé qu'il était vexé de ne pas avoir trouvé les petits, qu'il ne voulait pas passer pour un incapable aux yeux de ma mère, ou qu'il avait honte de ne pas y être arrivé… Même le lendemain, quand on a su pour ma sœur, c'est ce que je croyais encore, conclut-elle.

— Non non, s'enflamma Elisabeth. Moi, depuis, j'ai compris. Ma fille avait tellement peur de ce foutu beau-père qui la forçait à « faire des choses », qu'elle ne pouvait plus rien lui refuser. Et lui le savait… C'est quand Anna a appris ce qu'on avait fait à Sue que le déclic a dû se faire… Hein, ma fille ?

L'adolescente garda les yeux fixés sur ses genoux, sans manifester la moindre expression.

— Et puis le soir de l'enterrement, finit par enchaîner sa mère, quand elle a bien compris ce qui avait dû se passer, Anna est venue me voir, et elle m'a raconté tout ce que lui faisait John.

Et alors que les deux inspecteurs s'y attendaient le moins, la jeune fille les prit à son tour à contrepied. C'est elle qui expliqua :

— À mon avis, il a senti que j'en avais parlé. Il s'en doutait… Je suis sûre que c'est pour ça qu'il est parti.

— Est-ce que votre mari a pris ses affaires ? demanda McTirney à la mère.

— Oui. Un sac, répondit Mrs Cunningham. Je ne m'en suis rendu compte qu'hier… Pour tout vous dire, lundi soir, quand John n'est pas rentré, je ne me suis pas trop inquiétée. C'est vrai, précisa-t-elle, ça lui était déjà arrivé une ou deux fois de découcher, après une soirée arrosée avec des copains… Dans ces cas-là, il était tellement saoul qu'il n'osait pas revenir, sourit-elle, et je sais qu'il finissait le plus souvent chez James et Bridget, des amis. Et puis, avec la mort de Sue, j'ai pensé qu'il avait peut-être besoin de décompresser… Mais après deux jours, quand j'ai vu qu'il avait pris ses affaires avant même de partir au travail, je me suis vraiment posé des questions. Là, je me suis dit que ce qu'Anna m'avait appris était peut-être plus grave encore que je n'osais l'imaginer… Pour la petite Sue, vous voyez?… Ça m'a trotté dans la tête toute la nuit, j'étais folle. Je me suis juré que s'il ne rentrait pas ce matin, je vous appellerais et que je vous mettrais au courant. Et tant pis s'il finit en prison! s'exclama-t-elle encore, la mine résolue.

— Vous avez bien fait, la rassura McTirney avant de lancer un regard entendu à son collègue.

J'ai compris Ian, devina Sweeney. *Tu as raison: nous cherchions un détraqué du côté de Dundee alors que nous l'avions sous la main, au sein même de la famille.*

Tout à coup, un bruit de serrure se fit entendre dans le vestibule. Les deux femmes sursautèrent. Quelques instants plus tard, la silhouette de John Cunningham surgit dans l'embrasure de la porte du salon.

En découvrant les policiers dans son living, l'homme afficha un air stupéfait. Par réflexe, Mrs Cunningham saisit sa fille par l'épaule et l'entraîna vers la cuisine, dans la direction opposée à celle de son mari. Sidéré, le « revenant » les observa quitter la pièce sans un mot. Puis, dès que les deux femmes eurent disparu, Cunningham s'adressa aux enquêteurs:

— Qu'est-ce qui se passe ? Qu'est-ce que vous faites là ?

Vêtu d'un bonnet et d'un blouson noirs, l'homme portait encore sa combinaison de travail, floquée au nom d'une célèbre société de messagerie. Mal rasé, les yeux rougis par la fatigue, John Cunningham semblait avoir peu ou mal dormi.

— Où étiez-vous passé ces deux derniers jours ? riposta McTirney.

Rassuré par l'aspect neutre de cette première question, le maître des lieux vint tranquillement prendre place sur le canapé délaissé par sa femme et sa belle-fille.

Puis il s'alluma une cigarette bas de gamme, avant de finalement accepter l'échange :

— Qu'est-ce qu'elles vous ont dit ? s'inquiéta-t-il.

Mais Cunningham se ravisa aussitôt, afin de tenter de prendre le contrôle de l'entretien :

— Je n'en pouvais plus… déclara-t-il sur le ton de la confession. Je suis allé chercher David, précisa-t-il encore. Je pensais pouvoir le trouver chez deux ou trois personnes que je connais… Parce qu'y faut pas m'la raconter ! s'énerva-t-il : je suis sûr que les Sharps planquent le petit chez des amis à eux. Mais bon… soupira-t-il. J'y suis allé et je me suis planté, indiqua-t-il, avant d'expirer un nuage de fumée malodorante.

— Mister Cunningham, où êtes-vous allé ? insista McTirney.

— Ça ne vous regarde pas, lui rétorqua l'homme. En tout cas, pas pour l'instant. Ce sont mes oignons… Mais bon, répéta-t-il, si ça vous intéresse, j'étais à l'hôtel à Dundee. Vous pourrez vérifier.

— On va se gêner, s'agaça Sweeney.

— Tant que vous voudrez ! continua de le défier Cunningham.

L'homme aspira une nouvelle bouffée. Puis, plus calme, il enchaîna :

— En fait, j'en avais marre… J'ai craqué. Si j'avais pu trouver David, j'espérais qu'il me dirait ce qu'il s'était passé… Ce n'est qu'un gamin, après tout. Je voulais simplement comprendre pourquoi il a fait ça à Sue.

Les deux policiers se dévisagèrent, ébahis. Sans échanger un mot, leurs pensées convergèrent encore : *Oui Ian, moi non plus je n'y comprends rien…* réfléchit Sweeney. *En effet, Cunningham a l'air sincère. J'ai le sentiment qu'il est réellement parti chercher David Sharp, avec les intentions qu'il vient de nous exposer, et qu'il se fiche éperdument de ce que sa femme et sa belle-fille ont pu nous raconter à son sujet… Mais attention : il est tout aussi possible qu'il ne se doute pas des confidences d'Anna et qu'il essaie de nous emberlificoter. Il va encore falloir le faire parler puis, le moment venu, nous verrons bien comment il réagit lorsque nous lui apprendrons que nous savons tout de ses agissements. Ainsi que de sa petite « sortie » le soir du meurtre… Avec un peu de chance, et même si le temps de décembre ne s'y prête guère, le fruit pourrait mûrir plus vite que prévu !*

McTirney aperçut le sourire énigmatique de son collègue. Mais avant d'avoir pu lui demander les raisons de sa soudaine bonne humeur, son témoin – et nouveau suspect – le surprit encore une fois :

— C'est vrai, quoi ! pesta brusquement Cunningham. Il fallait bien que j'y aille, j'étais obligé de le faire. Parce que vous deux, là, vous n'avancez pas.

Si je vous attends, on y sera encore à la Saint Patrick !

L'aplomb du père désarçonna le duo d'inspecteurs.

Génial ! ironisa Sweeney. *Quelle vedette, celui-là… Un client avec un culot pareil, il fallait venir jusque dans le Fife pour voir ça… Great Scott !*

*

Cette nuit-là, le rêve recommença. Encore une fois. Comme chaque semaine. Comme tous les deux jours bientôt. Et parce qu'il était épuisé, parce qu'il était las de lutter, ou parce qu'il n'en pouvait plus de repousser ce que cette jeune femme semblait avoir à lui dire, Sweeney, cette fois, se laissa faire.

…« C'est encore elle… Oui, c'est bien elle. Je la distingue mieux que les autres fois. Elle est assise… Tiens, je suis installé en face d'elle. Curieux, ces bancs. On dirait des lattes de bois. Ce n'est pas très confortable. Et ça bouge… Sur le côté, d'arrière en avant, ça n'arrête pas. Pourtant la jeune femme, elle, n'a pas l'air d'y prêter attention. Elle paraît attendre… Elle porte un drôle de chapeau, une espèce de bibi fiché sur l'arrière de sa coiffure… Ses cheveux sont assez sombres, pas très longs finalement. Je les vois qui s'arrêtent sur son col en dentelle… Elle n'est pas très belle, moins qu'Ilona, mais elle a du charme. Sa peau est claire, son nez plutôt fin, et comme ses yeux sont vifs… La demoiselle porte une robe longue, avec de gros boutons, ainsi que d'épais souliers de cuir… Je la trouve assez bien mise, élégante, mais elle semble si humble, si réservée, et si jeune aussi…

Ah ! Voilà que ça bouge encore… Ça glisse même…

Ouh là, je… Wow! Ça s'arrête d'un coup… Qu'est-ce que c'est que ces mains? Elles sont menues et abîmées, je ne les… Mais… Mais oui, ce sont celles de la jeune femme. Et c'est moi qui… Et c'est moi qui les commande! Qu'est-ce qu'il se passe?

Ha? Oui… Maintenant, je vois mieux ce qu'il y a autour de moi, ou de nous, je ne sais plus… C'est un wagon, hein? Un tout petit wagon. Je comprends mieux l'origine de toutes ces secousses à présent… Il y a du monde… Quinze ou vingt personnes en tout. Surtout des hommes. Les gens parlent entre eux. Beaucoup ont des sacs, des espèces de ballots… Les messieurs portent des costumes de toile épaisse, même si je les trouve plutôt bien habillés. Ils portent la barbe aussi, et d'autres des moustaches. Mais en revanche, ils n'ont pas beaucoup de dents!… Les femmes non plus d'ailleurs, sauf les jeunes. Mais comme leurs voix sont aiguës et leur accent prononcé. Avec le bruit du train, je ne comprends rien…

Tiens, je ne l'avais pas encore remarqué, mais il fait nuit. Et puis le vent souffle très fort, je l'entends qui siffle et qui glisse vers l'arrière du wagon… Pourtant, le train ne va pas très vite… Ça secoue toujours, et ça sent aussi. Une odeur d'huile brûlée… Mais l'ambiance est gaie, il y a même deux messieurs qui rient. Je me demande ce qu'ils peuvent se raconter… Oh! Celui-ci, sur le banc de droite, vient de sortir une belle montre de son gilet. J'ai cru voir six ou sept heures, je n'en suis pas sûr… Ce doit être le soir. Et là-bas, à droite, dans le lointain, qu'est-ce que c'est?… On dirait des lumières… Oui, une ville. Une grande ville même… Est-ce que je la connais? La voie bifurque légèrement sur la gauche maintenant, mais j'ai l'impression que c'est bien là que nous allons... Le bruit du train devient plus métallique... La ville ne doit plus être très loin. Je dirais, oui, deux ou trois miles, pas plus. Nous l'atteindrons d'ici dix minutes environ.

C'est drôle; comme les autres passagers, j'ai hâte d'arriver. Mais je ne sais pas pourquoi... Peut-être parce que c'est Noël... Hein? Qu'est-ce que je raconte? Qu'est-ce que j'en sais, moi, que c'est Noël? Qu'est-ce que j'ai vu dans ce wagon qui peut me faire croire que c'est Noël? Les autres voyageurs ne sont pas si bien habillés que ça... Ou est-ce parce que j'ai revêtu ma plus belle robe?

Ha!? Qu'est-ce qu'il se passe tout à coup? Ce bruit!... Des crissements, partout, sous les roues, sur les côtés du wagon... Han! Ce coup... On part à gauche!... Ha! Mon épaule, j'ai mal! Non?! Le banc s'est décroché, et celui-là qui traverse tout le wagon!... C'est bien une femme, là, que je viens de voir s'écraser devant moi? D'où venait-elle si vite? Un autre banc, d'autres corps!... On crie! Moi aussi... Et cette vitesse, verticale, vertigineuse... Je n'ai même pas le temps d'avoir peur.

Ouf! Quel choc... Mais la chute est finie... J'ai mal. Mon visage, ma tête, mon flanc gauche surtout... Est-ce que je peux encore bouger?

Mais... Il n'y a plus aucune lumière. Ouvre les yeux!... Je... Ils sont déjà ouverts... Plus un bruit. Le noir absolu... Le froid, glacial, l'eau... Quelle eau? Il n'y a plus que de l'eau, froide, noire, qui m'empêche... de respirer! Je n'arrive plus à bouger... Je ne bouge plus... Je ne respire plus... Déjà?

P...! Bouge! Tu vas t'étouffer dans ton propre rêve!... Respire, allez respire!... Ce n'est pas possible, je vais me réveiller! Allez!... Bon sang, ce n'est qu'un rêve... Je ne vais quand même pas mourir en dormant?! Qu'est-ce qu'il se passe?

Ah... D'un coup, je me sens mieux... Où suis-je?

Je suis debout. Tout est calme enfin... Il fait toujours nuit. Je sens qu'il fait froid, très froid même, je le sais... Mais je ne tremble pas. Il fait sombre, très sombre même, je le sais aussi... Mais... Mais je vois comme en plein jour. Ce que je sais encore, c'est que je me trouve sur la rive sud du Tay. Et que cette grande ville de l'autre côté de l'estuaire, dont je n'ai pas atteint les chaudes lumières alors que j'en étais si proche tout à l'heure, dans le train... c'est, oui... c'est Dundee!

La jeune femme du rêve est là, elle aussi, debout à mes côtés... Tiens? Je ne suis plus « elle » à présent?... Elle regarde fixement la ville, tout comme moi. Mais qu'y cherche-t-elle?... Elle aussi doit se demander ce qu'elle fait là. Surtout qu'elle est trempée, ses cheveux sont mouillés, défaits, et puis elle a perdu son joli chapeau... Comme elle doit avoir froid... Mais c'est bizarre, depuis le premier rêve, et à chaque fois que je la retrouve, elle est toujours dans cet état. Comme si elle ne séchait jamais! C'est drôle...

Bon, que fait-elle? Elle ne me regarde même pas. Pourtant je suis là, non? Est-ce la ville, et ses lumières, qu'elle continue de scruter ainsi?... Non, même pas. Elle regarde plus à gauche, juste devant nous...

Non!... Non, le pont! Mais ça alors... Il a disparu! Le pont sur le Tay a disparu! Aaah! »...

Le corps de Sweeney se détendit comme un ressort. Sans savoir comment, le jeune Écossais s'éveilla debout sur son lit, le front couvert de sueur et ses cheveux roux touchant le plafond. Instinctivement, à travers la pénombre de la pièce, il vérifia que Dundee ne s'était pas invitée jusque dans son appartement, et que la seule compagnie dont il disposait réellement était bien celle de son chien, en train de ronfler.

Ce rapide contrôle effectué, et la réalité de son environnement de nouveau bien en place, son cerveau accepta de se remettre en marche : *Waouh ! Qu'est-ce que je fais debout sur mon lit, moi ?... Doucement, asseyons-nous... Ce n'est pas le moment de se blesser aussi bêtement.* Une fois son postérieur prudemment redéposé sur la couette, jambes croisées, Sweeney parvint à s'enthousiasmer : *Alors ça, c'est du rêve ! Un rêve ? Un cauchemar plutôt... Mais ça paraissait tellement réel. J'ai vraiment eu l'impression de... de...* hésita-t-il. *J'ai eu l'impression de quoi, en fait ?*

Brusquement hébété, et se demandant sérieusement s'il ne devenait pas fou, Sweeney resta prostré sur son lit. La chute d'adrénaline n'en fut que plus soudaine. Brutale. Dangereuse. Pour la première fois, le jeune policier se sentit incapable de prendre une décision.

Il attendit, désemparé.

Jusqu'à ce qu'enfin, après de longues minutes, son intellect réussisse à maîtriser une première volonté. Ou plutôt un souhait : *Pourvu que tante Midge ne meure pas...*

Puis ce fut tout.

Jenny McFadden

Les premières lueurs de l'aube ne parvenaient pas à s'imposer. Dans un ciel violet zébré d'éclairs, Sweeney avait même parfois la sensation de voir l'électricité en train de sauter d'un nuage à l'autre.

D'ailleurs, soupira-t-il, *je crains qu'il n'y ait pas que le temps qui soit à l'orage…*

En effet, dans le petit bureau de la mairie de Tayport, le grand Ian McTirney ne tenait pas en place. Lui, d'habitude si calme, ne cessait de se lever pour aller vérifier un fax ou lire un dossier, puis revenait s'asseoir pour jouer nerveusement avec son stylo, avant de finalement repartir scruter un agaçant tableau noir sur lequel s'étalaient leurs différentes pistes comme autant d'impasses.

— Ça m'énerve ! lâcha-t-il.

— J'avais remarqué… ironisa son jeune coéquipier.

Mais ça ne me surprend pas, songea ce dernier. *Voilà des semaines que Ian n'a pas revu sa femme et ses filles. Il n'a pas voulu rentrer, il est à cran… Et puis à l'approche des fêtes, avec cette enquête qui s'enlise, je crois qu'il a peur de ne pas pouvoir rejoindre sa famille… Elles lui manquent*, comprit-il.

— Je te l'avais dit… murmura Sweeney.

— Quoi ? aboya McTirney. De quoi est-ce que tu parles ?

L'ancien se figea, l'œil noir.

Sans se laisser intimider, le jeune homme poursuivit :

— Ian, je crois que tu ferais mieux de faire un break… Pourquoi est-ce que tu ne profiterais pas du prochain week-end pour rentrer à la maison ? Cela te ferait du bien. C'est vrai, ta femme te…

— Ne te mêle pas de ça ! le coupa McTirney. Ma vie privée est indépendante de l'enquête. Je ne vois vraiment pas le rapport ! gronda-t-il, avant d'aller se resservir une tasse de café.

— De toute façon, reprit-il aussitôt, avant de penser à se détendre, il faudrait d'abord avancer… Tant que l'on n'aura pas retrouvé le petit David, tant que l'on n'aura pas la moindre idée de ce qu'est devenu le gamin, je ne parviendrai pas à penser à autre chose.

C'est précisément le problème. Tu t'enfermes… constata Sweeney.

Après deux gorgées rapides, son coéquipier pesta encore :

— Sans preuve matérielle, sans indice, sans témoignage, c'est sûr, on est encore là pour deux semaines. Pour deux mois, pour deux ans peut-être… Même Wilkinson commence à s'impatienter. Il m'a téléphoné hier soir ; il s'inquiète pour l'équilibre du service. Depuis notre départ, les collègues ne savent plus où donner de la tête. Blur est reparti en stage et Goosen s'est blessé, une entorse… En temps normal, nous sommes déjà débordés, mais là, avec un tiers de dossiers en plus, les gars sont à genoux.

— Ne me dis pas que nous manquons au patron, plaisanta Sweeney, goguenard.

Mais devant la moue agacée de son équipier, le jeune homme jugea que mieux valait changer de registre.

— Bon, enchaîna-t-il, et le père de Sue ? Est-ce que tu as eu des nouvelles de Cunningham ?

McTirney commença par s'asseoir, son mug de café à la main, avant de répondre :

— Mmoui… Sa belle-fille a porté plainte contre lui. Une enquête parallèle va être ouverte. Mais celle-ci ne nous concerne pas, ce sont les collègues de St Andrews qui s'en chargeront… En revanche, notre homme a quitté le domicile familial dès le lendemain de notre visite. Pour l'instant, il loue une piaule à Dundee… Cunningham a quand même fait l'effort de m'appeler pour m'indiquer son adresse et me donner son nouveau numéro de téléphone. Il veut être joignable, au cas où.

— Tu aurais pu me prévenir, protesta Sweeney.

— Ce soir-là, tu avais déjà pris la route pour Édimbourg, riposta son collègue.

Considérant que la remarque était justifiée, le jeune enquêteur préféra ne pas polémiquer.

— OK, reprit-il. Mais moi, je persiste à croire que ce que Cunningham nous a dit avoir fait pendant les deux jours de son absence, doit être la vérité. Il m'a paru sincère, et je pense qu'il a réellement tenté de retrouver David.

— « Je pense », répéta McTirney, en levant les yeux au ciel. Si c'est tout ce que tu trouves comme argument ! le provoqua-t-il.

Sweeney fit mine de ne pas entendre. Il poursuivit :

— Toutefois, Cunningham ferait mieux de nous dire à qui il est allé rendre visite. Cela pourrait nous aider, et ça nous permettrait aussi de confirmer ses déclarations.

— Mais dis-moi, tu veux que je le place de nouveau en garde à vue, c'est ça ? rétorqua McTirney, toujours aussi agressif. On peut essayer, si ça te chante… Mais je ne suis pas sûr que quelques heures d'interrogatoire supplémentaires suffiront à lui délier la langue. On risque surtout de perdre notre temps.

— Parce que tu as mieux ? s'énerva Sweeney à son tour. Même la famille Sharp n'a aucune idée des personnes qu'il prétend être allé interroger. Ils ont vérifié auprès de leurs proches et de leurs amis, mais ça n'a rien donné. Et même si je suis prêt à croire Cunningham, on ne sait toujours pas chez qui il est allé fouiner.

— Peut-être que les Sharps mentent, suggéra Ian.

— Et dans quel but ? C'est leur fils que nous recherchons. Ils ont tout intérêt à nous aider.

— C'est juste, concéda McTirney. Je les trouve même très coopératifs depuis le début.

Sweeney profita de cette accalmie pour aller se servir un café. En revenant s'asseoir, il proposa :

— Tu y as pensé ?… Et si Cunningham séquestrait David ? Tu imagines, s'il avait profité de ces deux jours pour le déplacer, pour le changer de cache ?… Il pourrait essayer de brouiller les pistes.

— Mais pourquoi détiendrait-il le petit ? douta McTirney.

— Je ne sais pas… Peut-être que le gosse l'a vu tuer sa propre fille. Ce serait alors un témoin gênant. Cunningham pourrait vouloir…

— N'importe quoi ! l'interrompit McTirney. En outre, tu sais très bien que nous n'avons pas les moyens de le faire suivre. Les gars de Dundee ne nous aideront pas… Et puis je me suis renseigné auprès de son patron : depuis son escapade, notre type a repris le boulot normalement.

— Oui, parlons-en : un boulot de livreur qui lui permet d'aller et de venir à sa guise ! objecta Sweeney.

— Ça, si tu veux, on peut facilement le vérifier. Il suffit de demander les fiches de livraison à son employeur… Mais tu sais, enchaîna-t-il, je ne crois pas trop à cette hypothèse. Même les écoutes ne vont pas dans ce sens. Elles ne donnent rien… Cela fait des semaines que notre cellule d'Édimbourg s'enfile jour et nuit les communications des deux familles. Et tout ça en vain : aucune allusion douteuse, pas un mot de travers, tout semble parfaitement « clean ». Ils ne se doutent même pas que nous les écoutons. Cunningham non plus.

— Il faut peut-être encore attendre, fit remarquer Sweeney. Ces histoires-là prennent souvent du temps… Est-ce que tu crois que Wilkinson pourrait décider d'interrompre les écoutes ? craignit-il enfin.

— Non. Pas dans l'immédiat, répondit McTirney. Mais si un plus gros morceau venait à se présenter…

— Tiens, puisque l'on parle des écoutes, releva le jeune barbu, et nos trois pervers ? Est-ce qu'ils font toujours l'objet d'une fiche, eux aussi ?

— Oui bien sûr, lui confirma Ian.

— Et ?... Qu'est-ce que ça donne ? Tu ne m'en parles plus depuis quatre ou cinq jours.

— Mais parce que là non plus, il n'y a rien à en dire. À part ce cochon de Taylor qui fait monter des filles chez lui tous les week-ends – des sites de rencontre, rien que du légal –, je te le répète : rien à se mettre sous la dent.

— Mmm... Au moins, tant qu'il se contente de ça, il ne fait de mal à personne... apprécia Sweeney.

McTirney vida son mug, avant de déclarer :

— En réalité, je finis par être inquiet... Je ne comprends pas, c'est bizarre... C'est comme si nous étions passés complètement à côté.

— Mais à côté de quoi ? s'agaça son jeune collègue.

— À côté de tout ! C'est vrai, quoi... Avec toi, je n'avance pas ! explosa-t-il soudain. Tu ne m'aides pas !

Sweeney resta muet. Blessé par l'attaque inattendue de McTirney, il éprouva un profond sentiment d'injustice : *Ah non Ian, pas toi...* se désola-t-il. *C'est vrai que la maladie de ma tante, ou mes allers-retours quotidiens vers Édimbourg, m'ont sans doute rendu moins disponible, et que je n'ai pas toujours été le plus motivé des collaborateurs ces derniers temps. Mais de là à tout me coller sur le dos, tu pousses le bouchon un peu loin... Et puis je n'y suis pour rien, moi, si cette affaire est aussi complexe, ou si les médias ne nous lâchent pas,* se justifia-t-il. *Moi aussi, j'aimerais que l'on en finisse. Moi aussi, j'aimerais pouvoir rentrer à Édimbourg... Si tu t'inquiètes pour ta famille, Ian, moi c'est pour ma tante. Nous sommes quittes !* estima-t-il enfin. Mais sans toujours savoir ce qu'il allait bien pouvoir répondre à son coéquipier.

Au même instant, la casquette d'un agent de police franchit le guichet de la mairie. Le fonctionnaire ignora les récriminations des deux secrétaires et vint rapidement saluer les enquêteurs.

— Bonjour Jenkins, le reconnut McTirney. Qu'est-ce qui vous amène de si bon matin ?

— C'est l'inspecteur Williams, à Dundee, qui m'a appelé dès que j'ai pris mon service tout à l'heure. Il voulait que je vienne vous prévenir. J'ai traversé le Tay, et me voilà.

— Oui, eh bien ? s'intéressa Sweeney en observant la mine préoccupée du policier.

Jenkins se tourna vers lui :

— Ils ont eu de la visite au commissariat, tard hier soir. C'est Taylor.

— Quoi Taylor ? s'énerva McTirney.

Avec un sentiment de dégoût, Sweeney revit le regard torve et le sourire poisseux de l'ancien concierge qui violentait les jeunes filles au sein de leur propre établissement scolaire.

— Oui, je vous écoute. Qu'est-ce qu'il a, Brian Taylor ? insista McTirney. Williams ne pouvait pas m'appeler lui-même ?

— C'est que ça a duré toute la nuit. Je ne suis même pas certain qu'ils aient encore fini, l'informa Jenkins.

— Mais fini quoi, bon sang ? le pressa Sweeney.

— De prendre ses aveux, répondit l'agent. Il a tout avoué. Les deux gamins, c'est lui : c'est Taylor ! s'exclama-t-il.

Les deux inspecteurs se dévisagèrent, consternés. Leur enquête venait de prendre fin.

*

Assis au pied de son lit, Sweeney laissait ses doigts courir sur le clavier de l'ordinateur. Depuis près d'une semaine, les manifestations intempestives qui se produisaient dans son appartement avaient cessé. L'inspecteur en avait conclu que « le rat » – si c'était bien d'un rat dont il s'agissait – était probablement mort. Mais, plus que les coups dans les murs, c'était dorénavant l'odeur que le cadavre de la bête n'allait pas tarder à exhaler, qui inquiétait Sweeney. Pour chasser cette pensée, le jeune homme valida d'un clic le nom d'un moteur de recherche. Puis, tandis que la page tardait à s'afficher, il laissa vagabonder son esprit…

…La veille, tante Midge venait à nouveau d'être opérée. Le professeur Baine n'avait finalement pas attendu. En dépit des propos toujours très rassurants du médecin, Sweeney savait qu'il était encore trop tôt pour juger du succès de l'intervention. Dans l'immédiat, la vieille dame donnait l'illusion de se reposer, alors qu'en réalité, son organisme livrait un combat sans merci contre les assauts mortels du crabe…

La page d'accueil apparut enfin. Le policier revint à sa première idée, et consulta mécaniquement sa montre : *Mince, déjà deux heures du matin… Dire que tout à l'heure, je vais devoir repartir pour Tayport alors que je n'aurai quasiment pas dormi… D'ailleurs, je dors de moins en moins. Je ne sais pas ce qu'il m'arrive… Il faudrait pourtant que je ferme l'œil. Sinon, à ce rythme-là, je vais finir comme Ian, complètement « burn-outé » ! Mais c'est plus fort que moi… C'est comme si la nuit me faisait peur. Oui, comme si j'essayais d'échapper à mes propres rêves,* réalisa-t-il soudain, puis il se résolut à taper l'intitulé de sa recherche. *Voilà... Tay Bridge Disaster*[12]*... Je pense que ce sera le plus efficace,* espéra-t-il.

Depuis ce cauchemar bouleversant, dans lequel Sweeney avait eu l'épouvantable sensation d'assister à la catastrophe ferroviaire du 28 décembre 1879, le jeune homme s'était empressé de se documenter sur le sujet. Et même si ses « recherches » s'étaient limitées à la visite de quelques sites généralistes, il avait dorénavant l'impression de bien connaître le déroulement du drame. D'autant plus que tous les éléments qu'il collectait... coïncidaient avec son rêve ! Cette proximité entre sa vision et la réalité l'avait même incité à s'imaginer que, peut-être, l'inconnue du cauchemar était elle-même un élément de cette réalité historique. Sweeney n'avait osé en parler à personne, mais depuis plusieurs jours, il brûlait de vérifier cette troublante théorie...

Là, j'y suis ! se réjouit l'inspecteur. *La liste des victimes. Voyons... Soixante-quinze passagers ont péri, mais une soixantaine de corps seulement ont été repêchés... On les a classés par ordre alphabétique, oui c'est ça... Leur nom, leur prénom, leur âge... Et même leur profession, quand elle était connue, ainsi que leur adresse... Est-ce qu'une jeune femme y figure ?...*

Sweeney, en tournant lentement la mollette de la souris, fit défiler les colonnes.

Non, non... Un fermier et sa sœur... Une veuve, non, trop âgée... Un professeur, un commerçant, le conducteur de la locomotive... Non, non... Ah, tiens ? Celle-là pourrait correspondre...

---

12. *Catastrophe du pont sur le Tay.*

L'insomniaque lut, et relut attentivement, le nom de « Milnedon, Jenny. 21 ans ».

Drôle de nom, sourit Sweeney. *Pas courant, en tout cas. Femme de chambre, oui, c'est intéressant… Et… Et… Non ? George Street, Édimbourg !*

Le jeune policier fut abasourdi. L'une des victimes habitait la même rue que lui. Nerveusement, il vérifia le numéro indiqué.

Great Scott ! Le même que le mien ! C'est…Mais oui : c'est mon adresse !

Par acquit de conscience, Sweeney consulta fébrilement les derniers noms de victimes, mais il n'y trouva aucune qui puisse correspondre à l'inconnue du cauchemar. Alors, comme s'il craignait de relire les éléments concernant cette Jenny Milnedon, le barbu préféra lancer une seconde recherche. Dès la première page, un autre site lui proposa une nouvelle liste des disparus du pont sur le Tay. Et même si cette dernière semblait avoir été établie à partir de sources plus anciennes, contemporaines du drame, le nombre des personnes identifiées restait rigoureusement le même.

Pas de doute, constata Sweeney, *ils indiquent toujours le même numéro, la même profession et le même âge, pour cette jeune femme de chambre.*

Brusquement, l'inspecteur se sentit envahi par un mal-être aussi soudain qu'étrange. Des sueurs froides lui parcoururent la nuque. Ses doigts se firent hésitants sur le clavier, et c'est à peine s'il osa lever les yeux de l'écran. *C'est incroyable… Est-il possible que cette Jenny d'un autre siècle ait habité ici ?* s'imagina-t-il. *Je sais que l'immeuble date des années 1850, et que les combles étaient dévolus aux domestiques.*

La bourgeoisie fortunée du centre-ville occupait, elle, les luxueux appartements du dessous... Mais non, ce serait un hasard incroyable, continua-t-il de s'étonner. *Et puis, qui sait? Peut-être que la numérotation de la rue a évolué? Il faudrait vérifier... Ou alors, la jeune femme travaillait bien à cette adresse, mais elle résidait dans les faubourgs, et c'est le domicile de ses employeurs qui aura été porté dans les registres...*

Mais, curieusement, plus Sweeney tentait de se persuader d'une éventuelle erreur, plus son intuition lui suggérait que, probablement, il habitait la même pièce que cette malheureuse et désormais mystérieuse Jenny Milnedon.

L'espace d'un instant, le policier redouta même de nouveaux coups dans les murs, la sonnerie subite du téléphone, ou bien l'un de ces courants d'air glacé qui, à plusieurs reprises déjà, l'avaient frôlé.

Afin d'évacuer cette terreur insensée, Sweeney décida de concentrer son attention sur une nouvelle recherche: *Voyons... Milnedon, ce n'est pas un nom très répandu...* Le policier s'empressa de basculer sur le site de l'annuaire écossais. Le nom de famille de la victime fut rapidement saisi et, quelques secondes plus tard, une seule référence apparut: *Milnedon, Margaret...* lut Sweeney. *Domiciliée à Dundee, comme par hasard... Une seule réponse?* s'étonna-t-il. *Je me doutais que le patronyme était rare, mais pas à ce point... Le logiciel de recherche doit se limiter à la région. Essayons d'élargir*, décida-t-il. Cependant, même au niveau de l'Écosse, puis du Royaume-Uni, l'ordinateur s'obstina à lui renvoyer cette unique information. Margaret Milnedon, à l'instar d'un certain Mohican, semblait bien être la dernière de sa lignée. *Étrange...* jugea l'enquêteur. *Faisons une autre tentative.* Cette fois, Sweeney commença par taper le nom, l'âge, mais aussi l'adresse de la victime. À sa grande surprise, dès la troisième référence, le moteur de recherche lui proposa une légère variante : *Tiens*, remarqua-t-il, *c'est une Jenny* « McFadden » *Milnedon qui figure dans cette troisième liste. Notre jeune femme était-elle mariée, ou bien les deux premiers listings avaient-ils fait l'économie d'un nom trop long pour les journaux de l'époque ?*

Le policier retourna vers l'annuaire électronique, mais lorsqu'il lui proposa le nom de « McFadden », ce furent cette fois une dizaine de pages qui apparurent.

Mince, plus d'une centaine de personnes, estima-t-il. *Non, autant chercher une aiguille dans une botte de foin. Laissons tomber. Je me contenterai de Milnedon...*

Sweeney se résolut à éteindre son portable, non sans avoir au préalable noté précieusement les coordonnées de « Miss Margaret Milnedon » à Dundee.

Est-ce que je l'appelle demain ? réfléchit-il. *Et pour lui parler de quoi ? C'est sûr, elle va me prendre pour un fou !* sourit-il encore.

Puis, finalement gagné par la fatigue, le jeune Écossais glissa son corps de « rouquin pâlichon » – comme McTirney aimait à le surnommer –, sous sa couette usagée.

Bizarrement, pour la première fois depuis qu'il habitait George Street, Sweeney prit soin de ne pas éteindre la lumière de sa lampe de chevet.

Avant de se blottir dans les bras de Morphée, l'inspecteur laissa libre cours à une dernière pensée : *Et si Margaret était la descendante de Jenny Milnedon ? Que pourrait-elle m'apprendre à son sujet ?… Et si… Et si l'inconnue de mon rêve était* « réellement » *Jenny McFadden ?*

Plongeurs

— Qu'est-ce que tu fais ? demanda McTirney.

Sweeney continuait de remplir un vulgaire sac en plastique des quelques affaires qui traînaient encore dans le tiroir de son bureau de la mairie de Tayport.

— Tu vois bien… finit-il par répondre. Je déménage… Et toi ? répliqua-t-il. Qu'est-ce que tu attends ?

McTirney ignora la question.

— Cette fois, c'est terminé, non ? reprit Sweeney. Est-ce que tu rentres demain ?

— Mmm… murmura McTirney. Je rangerai mon bureau demain matin, après avoir rendu ma chambre. J'en profiterai pour saluer et remercier le maire, ainsi que tout son staff.

— C'est ça, embrasse-les pour moi, ironisa son jeune coéquipier. Et n'oublie pas la belle Shandra. Je te laisse ma part, plaisanta-t-il en nouant son sac.

McTirney resta muet, le regard dans le vide.

— Tu dois être content de pouvoir retrouver ta famille pour Noël, n'est-ce pas ? essaya Sweeney, dans l'espoir de décoincer son collègue.

— Mmm… se contenta de bourdonner l'ancien.

— Rassure-toi, les gars de St Andrews et de Dundee vont très vite prendre le relais. Ils n'attendent que ça… D'ailleurs, je leur souhaite bon courage, conclut le jeune inspecteur.

— Mmm… se contenta une nouvelle fois d'émettre McTirney.

Il est complètement déprimé, jugea Sweeney. *Je n'ai jamais vu Ian dans cet état… Qu'est-ce que je vais bien pouvoir inventer pour le dérider ?*

— Je te l'avais dit que ce Taylor n'était qu'un mytho, essaya-t-il pour changer de sujet. Un vrai taré, ce mec ! Tout ce qu'il voulait, en s'accusant du meurtre de Sue, c'était retourner en prison. Il est évident que ce type n'est pas capable de mener une vie normale. Après tout, c'est peut-être lui qui a raison : il est tout juste bon à enfermer.

— Heureusement que le patron du pub l'a reconnu, réagit enfin McTirney.

Ouf, ça marche ! se félicita Sweeney.

— Oui, grâce aux images de la télé, compléta le jeune Écossais. Et surtout grâce au ticket de parking que l'on a fini par retrouver dans sa voiture. Ça, c'était imparable.

— Dire qu'il avait tout inventé… soupira son coéquipier. Le soir du meurtre, il était tout simplement en train de se saouler dans le centre de Dundee. C'est la raison pour laquelle il ne se souvenait même plus de ce qu'il avait fait de sa soirée.

— Mais tant mieux, au contraire ! renchérit Sweeney. Taylor était tellement ivre que le patron avait dû le mettre à la porte sans ménagement. Il cherchait des noises aux autres clients, jetait les verres…

Sans cet incident, pas sûr que le gars se serait souvenu du visage de notre détraqué, et encore moins de la date.

— C'est vrai, l'approuva McTirney. Son appel a été déterminant. Et la découverte du ticket, deux jours plus tard, a fini d'innocenter ce cinglé de Taylor… Sans ça, je pense qu'on était partis pour des années de procédure. Il était le coupable idéal : des aveux circonstanciés, sans le moindre élément pour le contredire, un passé de pervers… Le type aurait pu nous mener en bateau pendant une éternité. En attendant, le vrai coupable pouvait courir encore longtemps.

— Mais il court toujours ! fit remarquer Sweeney.

Avant de se reprocher aussitôt son intervention : *Aïe ! Celle-là, j'aurais mieux fait de la garder pour moi…*

Ce que lui confirma immédiatement la réaction épidermique de McTirney :

— Pfff… soupira bruyamment ce dernier, le regard soudain bloqué sur son bureau vide.

Puis il ajouta, plus incisif :

— Et toi ? Tu crois toujours à la piste Lawson ?

— Euh… Oui, finit par reconnaître son jeune collègue. Mais à quoi bon maintenant ? Dès demain, on nous aura retiré le dossier. C'est bien ce que t'a annoncé Wilkinson, n'est-ce pas ?

— Mais tu y crois ? insista McTirney.

Curieusement, Sweeney ne détecta pas la tension, pourtant palpable, dans le ton de son coéquipier.

— Oui, affirma-t-il. C'est une hypothèse que nous avons eu tort de négliger.

Cette dernière remarque fit sur McTirney – qui n'attendait que ça – l'effet d'un détonateur :

— Et c'est toi qui parles de négligence ? Mais regarde-toi, en train de ranger tes affaires : si tu pouvais, tu aurais déjà filé ! Ça fait des semaines que tu me laisses tout le poids de l'enquête. Des semaines que tu te comportes comme un fantôme, sans motivation, incapable de formuler la moindre proposition sérieuse. Et c'est seulement maintenant que tu te réveilles au sujet de Lawson ? Il est bien temps d'avoir des idées et de vouloir revenir dans le jeu, alors que nous sommes quasiment dessaisis... Pourquoi retrouves-tu un semblant d'énergie ? Ta tante va mieux, c'est ça ? le provoqua-t-il.

Sweeney reçut cette ultime attaque comme une déclaration de guerre. Sa colère monta d'un coup. Deux frustrations exacerbées allaient s'affronter. Le petit local de la mairie menaçait d'être le théâtre d'une explication « entre hommes »...

Au même instant, la sonnerie du téléphone retentit sur le bureau de McTirney. Par réflexe, ce dernier décrocha :

— McTirney... Quoi ? Où ça ?... Donne-moi une carte, vite ! ordonna-t-il à son jeune coéquipier.

Sweeney oublia aussitôt son envie d'empoigner le col de l'ancien et se précipita dans l'armoire métallique sur sa droite.

— Non, pas celle-là ! protesta McTirney. Celle de la zone de recherches !

L'inspecteur repéra une carte verte mal pliée, couverte d'annotations au marqueur, et la tendit à son collègue.

McTirney l'étala précipitamment devant lui et poursuivit sa conversation, le doigt pointé sur le plan :

— OK, j'y suis… Je vois… Attends… Oui, c'est juste à côté… Dis-moi, qui l'a trouvé ?… Ils sont toujours sur place au moins ?

Intrigué, Sweeney sentit que « quelque chose » se passait enfin.

— Est-ce que la légiste est prévenue ? demanda McTirney. Oui ?… OK, on arrive. À tout de suite !

Le visage blême, mais paradoxalement soulagé, l'ancien annonça :

— Bon… On ne part plus. Le nouvel élément qui vient d'arriver devrait inciter le juge à nous laisser les commandes. Tu peux reposer tes affaires dans le tiroir.

— Quoi ?

— C'est David… finit par lâcher McTirney. Ça y est, on l'a retrouvé.

Le ton monocorde du policier suffit à renseigner son coéquipier sur le sort du jeune garçon.

— Des plongeurs ont découvert son corps dans un bois, au sud de Tayport. On y va tout de suite.

— Des plongeurs dans un bois ? s'étonna Sweeney.

— Un puits de mine désaffecté, précisa McTirney tout en enfilant son imper et en cherchant ses clés dans ses poches. Magne ! On prend ma voiture. Allez grouille, on décolle.

Sans plus réfléchir, Sweeney épaula son sand wedge et partit dans la foulée de son collègue. En franchissant le guichet du hall, c'est avec un plaisir non dissimulé qu'il nargua le regard médusé des deux secrétaires : *Salut, les vieilles chouettes !* se surprit-il à penser.

*

Il fallut aux deux enquêteurs moins de quinze minutes pour atteindre le bois sur les hauteurs sud de Tayport, là où le corps du petit David Sharp venait d'être découvert.

Une voiture de police et un agent de faction contrôlaient déjà l'accès de l'unique piste qui menait à l'intérieur de la zone boisée.

McTirney s'arrêta à hauteur du planton et baissa sa vitre :

— Salut Brown, reconnut-il le fonctionnaire. C'est tout droit ?

— Bonjour, Inspecteur. Oui, continuez à monter, filez encore, puis vous basculerez de l'autre côté de la colline. Mais faites attention dans la descente : la piste est boueuse et pas très large. On a vite fait de glisser… C'est Hewitt qui est resté là-bas avec les plongeurs, précisa-t-il encore. Il vous attend.

— Merci.

Brown salua les deux officiers tandis que la Rover noire s'élançait à travers les premiers arbres.

Sweeney s'étonna de la densité de pins et autres conifères qui couvraient le mamelon. Leurs racines noueuses enserraient les rochers comme pour les étouffer ; elles jaillissaient d'entre les buissons d'épines, tordaient les murets de pierre bordant le chemin et allaient jusqu'à déformer le cours de la piste.

— Brrr… Cet endroit me donne la chair de poule, confessa le jeune inspecteur.

Mais son coéquipier, trop concentré sur sa conduite, ne prit pas la peine de lui répondre. Après avoir négocié un virage délicat dans la descente, flirté avec les dalles acérées des murets les plus proches, il finit par apercevoir un groupe de voitures stationnées dans une clairière étroite.

— Le puits doit être là, déclara-t-il enfin.

Avant d'ajouter :

— Je ne connaissais pas le sigle sur la carte. Je n'ai pas vérifié… Je ne pensais pas qu'il s'agissait d'un point d'eau. C'est pour ça que je ne l'ai pas indiqué aux plongeurs, crut-il devoir se justifier.

Puis il conclut :

— J'étais persuadé qu'il s'agissait d'un simple trou de charbonnier. Et un trou, on voit ce qu'il y a dedans, non ? Je ne me suis pas méfié…

McTirney gara son véhicule le long d'une grosse Volvo équipée d'une remorque, dont émergeaient une quinzaine de bouteilles de plongée ainsi qu'un compresseur. Un groupe de plongeurs en combinaisons multicolores, les mains sur les hanches, semblait les attendre en compagnie d'un agent en casquette. Sweeney distingua derrière eux l'orifice d'un puits de mine désaffecté. L'eau y affleurait, cernée de mousse, de bruyères enchevêtrées ou de pierres éparses tombées dans la pente. Sur la gauche, deux VTT d'enfant avaient été déposés sommairement l'un sur l'autre. Enfin sur la droite, la bâche grise qui avait dû servir à recouvrir les bouteilles de la remorque trahissait la forme diffuse d'un petit corps.

— C'est un coin paumé. Faut vraiment connaître, se dépêcha de faire remarquer McTirney avant de quitter la voiture.

— Bonjour Messieurs, dit l'agent en s'avançant vers les deux enquêteurs. Vous avez fait vite.

— Salut Hewitt, répliqua McTirney. Nous sommes les premiers ?

— Oui, Inspecteur. J'ai laissé Brown à l'entrée de la piste pour guider les…

— Oui très bien, le félicita son supérieur. Ce sont ces messieurs qui vous ont alerté ? enchaîna-t-il.

Hewitt les guida aussitôt vers un homme en combinaison orange, la cinquantaine robuste, aux cheveux gris bouclés et au visage rougi par le froid.

— Je vous présente Michael Downing, le désigna l'agent.

McTirney et Sweeney serrèrent la main calleuse de l'homme.

— Mister Downing est le président de l'association des plongeurs du Fife, précisa Hewitt. C'est lui qui nous a appelés.

— Qu'est-ce que vous faites là ? s'étonna Sweeney. Ce n'est pas un endroit pour…

— Si. Détrompez-vous, le coupa Downing. Avec mes cinq gars, on part plonger dans un fjord norvégien, en février. À plus de quarante mètres de profondeur, on y a découvert une grotte encore inexplorée qui s'enfonce dans la falaise immergée. On a prévu d'y pénétrer avant qu'une autre équipe ne nous devance. Alors on s'entraîne.

— Là-dedans ? grimaça McTirney, en observant l'eau noire qui stagnait dans le puits.

— Mais oui, lui sourit le plongeur. Ce sont des conditions très proches de ce qui nous attend là-bas : une eau à six degrés, une visibilité réduite à moins de dix centimètres, même avec les torches, c'est parfait !

Les cinq autres membres du groupe acquiescèrent, arborant une même mine réjouie.

Ces types sont complètement givrés ! ne put s'empêcher de juger Sweeney.

— Et… c'est profond ? s'inquiéta le jeune enquêteur.

— On ne sait pas vraiment, rétorqua Michael Downing. La veine a été exploitée au XIXe siècle, puis très vite abandonnée. Les mineurs de l'époque n'ont pas dû trouver le charbon escompté… Le puits fait près de soixante mètres de hauteur et, après deux replats successifs, la cheminée se divise en plusieurs galeries plus ou moins horizontales. Mais on ne pousse jamais jusque-là, c'est beaucoup trop dangereux.

— Ah non, jamais ! confirmèrent d'une seule voix les autres plongeurs.

Parce que plonger jusqu'à soixante mètres dans une eau glaciale et boueuse, c'est beaucoup plus sûr ? C'est bien ce que je pensais : ces gars-là sont givrés ! persista Sweeney.

Downing reprit :

— Dans les années trente, une source a fini par sourdre, et les galeries ont été noyées. Mais les premières plongées n'ont eu lieu qu'après la guerre, dans les années cinquante.

— Le site n'est pas sécurisé ? s'étonna McTirney, en constatant l'absence de panneaux ou de barrières de protection.

— C'est un terrain privé, lui apprit le plongeur. L'association a l'autorisation d'y accéder, mais à part nous, personne d'autre n'a le droit d'y pénétrer. Et puis il faut connaître, conclut-il.

— Je serais surpris si tous les gamins de Tayport ne s'étaient pas déjà aventurés jusqu'ici au moins une fois, jugea Sweeney. Ainsi que tous les gamins des générations précédentes, c'est-à-dire leurs propres parents.

— Personne à Tayport ne m'en avait parlé, crut bon de lui faire remarquer McTirney.

— Moi je ne connaissais pas, indiqua Hewitt. Mais bon, ça ne fait que deux ans que je suis en poste à St Andrews.

McTirney détourna le regard vers la forme dissimulée sous la bâche grise.

— La légiste ne devrait pas tarder, comprit Hewitt. C'est ce que m'a indiqué l'inspecteur Fraser lorsque j'ai quitté le poste... En tout cas, elle est prévenue.

Satisfait, l'enquêteur se retourna vers Michael Downing :

— Est-ce que c'est vous qui l'avez remonté ?

— En fait c'est Jonathan, là, répondit-il en désignant un grand jeune homme en combinaison rouge, qui a heurté un objet sur le premier replat. C'est lui qui était en tête de la plongée. En braquant sa lampe, il a découvert le premier vélo.

— Au début, je n'ai pas fait attention, expliqua Jonathan. J'ai cru qu'il s'agissait d'un simple déchet, d'un encombrant dont quelqu'un se serait débarrassé en le jetant dans le puits. En arrivant sur le deuxième replat, dix mètres plus bas, je me suis quand même méfié. Je me suis dit que je pouvais encore tomber sur un téléviseur, ou sur une machine à laver... J'ai bien fait d'être vigilant : très vite, j'ai senti une pédale, une roue, et puis sous le second VTT... il y avait autre chose encore.

— On s'est vite regroupés à quatre sur le replat – les deux autres plongeurs restent à la surface pour assurer la sécurité du groupe –, précisa Downing, et on s'est rapidement mis d'accord : on a décidé de tout ramener à la surface, même si le respect des différents paliers de décompression prend du temps. Avec Jonathan, on s'est chargés du petit corps, et les deux autres ont pris chacun un vélo... En sortant, on les a déposés là, sur le bord, et puis on a aussitôt composé le 999[13].

— À part l'installer auprès du puits, vous n'avez touché à rien ? s'inquiéta McTirney.

— Bah si, vous voyez : on a pris la bâche pour le...

— OK, je comprends, le coupa l'inspecteur.

— Et dans le puits, vous n'avez rien trouvé d'autre ? enchaîna Sweeney.

— Non. Mais si vous voulez aller vérifier, j'ai une combinaison de rechange dans la voiture ! le provoqua Downing.

Les autres plongeurs affichèrent un même sourire moqueur.

— Je devine à quoi tu penses, intervint McTirney. Nos propres plongeurs vont être « ravis » de devoir s'aventurer dans ce trou à rats. Mais avec l'aide de ces messieurs, je dirais que l'affaire est jouable.

Tu as raison Ian, devina Sweeney. *Je ne serais pas surpris si l'arme qui a servi à tuer Sue se trouvait également au fond de ce puits de l'Enfer.*

— Est-ce qu'on va voir le corps ? finit par proposer son collègue.

— Il faut bien... répliqua le jeune barbu, peu enthousiaste.

Les deux inspecteurs s'approchèrent avec respect du corps dissimulé sous la bâche. McTirney prit l'initiative de soulever le plastique, tandis que Sweeney demeurait légèrement en retrait. La vision d'horreur

13. Numéro d'urgence au Royaume-Uni.

à laquelle ils s'attendaient s'offrit à eux : terriblement dégradées par un séjour de plusieurs semaines dans une eau noire et glacée, les chairs étaient devenues verdâtres, tandis que le visage avait totalement disparu. Étonnamment, les membres et la tête étaient restés liés au tronc, permettant l'identification des restes d'un enfant. Allongée sur le dos, la petite victime présentait au niveau des bras et du thorax des zébrures sombres, ainsi que des entailles profondes.

Les traces de plusieurs coups de couteau ? envisagea Sweeney.

Quant aux lambeaux de vêtements qui restaient accrochés à la peau, ils semblaient correspondre aux descriptions données par la famille Sharp.

— C'est bon ? demanda McTirney.

— Mmm… marmonna son jeune collègue.

L'ancien replia la bâche sur le corps du petit David.

— Le même auteur ? proposa-t-il aussitôt.

— Probable… lui répondit Sweeney. Mais vu l'état du corps, je ne sais pas si la légiste sera en mesure de déterminer les causes du décès, l'origine des marques sur les membres supérieurs, ou même si la victime a été sexuellement abusée.

— Ça paraît compliqué… confirma son coéquipier, songeur.

Tout à coup, un puissant bruit de moteur se fit entendre dans le haut du bois. Puis un large 4x4, flirtant avec les troncs et les murets, surgit dans la descente, tous phares allumés.

— Tiens, le maire… le reconnut McTirney. Il ne perd pas de temps, celui-là… C'est vous qui l'avez prévenu ? demanda-t-il à Hewitt.

— Euh… Non, pas du tout, se défendit l'agent. Peut-être mes supérieurs de St Andrews ? proposa-t-il.

En tout cas, monsieur le maire de Tayport arrive avant même les secours ou le médecin légiste. L'indigence des services publics me surprendra toujours… se désola Sweeney.

Terry Thomas coupa son moteur, oublia d'éteindre ses phares, puis claqua la portière avant de plonger ses souliers vernis dans la terre grasse.

— Vous auriez pu me prévenir ! protesta l'élu, tout en s'avançant dans son superbe costume rayé.

— Vous ne seriez pas arrivé beaucoup plus tôt, ironisa McTirney.

Avant de riposter aussitôt :

— Dites, est-ce que nous sommes sur le territoire de la commune de Tayport ?

— Oui, lui assura Terry Thomas. Les bois sont privés, mais ils dépendent bien du cadastre de la ville.

— Qui en est le propriétaire ?

— Cette partie doit appartenir à un Anglais, un Londonien je crois. Il ne vient qu'une ou deux fois par an, pour exploiter la coupe.

— Mister Abbott, leur précisa le président des plongeurs. C'est lui qui nous donne l'autorisation d'accès à son terrain.

— Mister… Abbott… se dépêcha de noter McTirney dans un calepin. Est-ce que vous auriez ses coordonnées ? demanda-t-il au maire.

— Non, pas sur moi évidemment. Je vous dirai ça quand nous serons de retour en ville… Est-ce que je peux aller voir ? enchaîna-t-il en désignant de l'index la bâche près du puits.

— Vous ne touchez à rien! gronda le policier en rempochant son carnet. C'est une scène de crime… D'ailleurs, il y a beaucoup trop de monde à mon goût: Hewitt, vous prenez les identités et les numéros de tous les plongeurs et vous leur donnez rendez-vous à mon bureau demain matin, à Tayport.

— Oui Inspecteur, obtempéra l'agent.

Il entraîna les six hommes en combinaison à l'arrière des véhicules.

Terry Thomas reprit la parole:

— Est-ce que vous avez appelé les parents? demanda-t-il.

— Jamais de la vie! rugit à nouveau McTirney. Et je vous interdis de le faire! Tant que nous n'aurons pas le premier avis de la légiste, on ne communique aucun élément aux parents. C'est bien compris? Inutile de commencer à leur raconter n'importe quoi, ce sera déjà bien assez difficile le moment venu… D'ailleurs, c'est moi qui m'en chargerai, conclut-il, l'air grave.

— Oui, je comprends, concéda l'élu.

Il s'éloigna vers son 4x4 pour y entamer une conversation téléphonique sur son portable.

— Il doit appeler son assistante, suggéra Sweeney.

— Tant que ce ne sont pas les journalistes… se méfia son coéquipier. J'aurais dû le lui rappeler.

— Il faudra le dire aussi aux plongeurs.

— Mmm… J'y penserai avant qu'ils ne partent, approuva McTirney.

— N'empêche, reprit son jeune collègue, tu vois? Ce coin perdu, pour y amener le corps de David et penser à y jeter les deux vélos, il fallait vraiment être de la région. Surtout si le meurtrier y est venu de nuit.

Avec la pluie qui tombait ce soir-là, la piste devait être plus périlleuse qu'aujourd'hui. Il faudra vérifier s'il n'y a pas des traces de peinture aux abords du chemin.

— À quoi penses-tu ?

— Plutôt à « qui », corrigea Sweeney. À la différence de nos détraqués de Dundee, Rupert Lawson est le seul qui…

— Arrête avec ton Lawson ! l'interrompit McTirney. Dans l'immédiat, il…

— Quel nom avez-vous dit ? intervint Terry Thomas, alors qu'il éteignait son téléphone. Lawson ? Vous le connaissez ?

— Comment ? réagit McTirney.

— Vous avez bien dit Lawson, n'est-ce pas ? Bobby était l'un des derniers contremaîtres des mines lorsqu'elles ont fermé. Mon père le connaissait bien. Il a même fait partie de mon tout premier conseil municipal… Ce sont les plongeurs qui vous ont parlé de lui ? Ils ont eu raison. Bobby connaît parfaitement tous ces anciens puits. Il devrait même pouvoir vous…

— Quoi ? Qu'est-ce que vous racontez ? s'énerva l'enquêteur.

— Euh… Non, Monsieur le maire, comprit Sweeney. Il y a méprise : nous parlions de « Rupert » Lawson.

— Ah, son fils ? Mais il est en prison, je crois.

Sweeney ne put s'empêcher d'arborer un sourire de victoire.

— Il y était, précisa le jeune inspecteur.

— Comment ça ?

— Cela fait trois mois qu'il est à Tayport. Il travaille même en ville. Vous ne le saviez pas ?

Manifestement surpris, l'élu municipal se contenta d'un pauvre :

— Hein ? Alors ça…

Suivi par :

— Je croyais qu'il était toujours incarcéré à Glasgow.

Sweeney lui renvoya un nouveau sourire satisfait, avant d'en adresser la copie conforme à son coéquipier.

— Ah ça va ! s'agaça aussitôt McTirney. Je sais ce que tu as en tête ! Comment voulais-tu que je devine ?

— Tu vois quand même que « mon » Lawson va finir par être un bon client, non ?… Proche voisin des deux victimes, probable pédophile, aucun alibi, une connaissance parfaite de la région, c'est-à-dire de ses plages de galets, et même, grâce à son père, des puits de mine désaffectés… Ça commence à faire beaucoup, tu ne crois pas ?

— N'oublie pas qu'il n'est certainement pas le seul à connaître l'existence de ce trou. Tu as dû remarquer qu'il y avait déjà foule ce soir, n'est-ce pas ?… Je te ferai également remarquer que, par exemple, le beau-père de Sue peut lui aussi correspondre à ces mêmes critères. Tout comme les trois quarts des habitants de Tayport.

— Ah bon ?… Les trois quarts de vos administrés sont des pédophiles ? prit-il le maire à témoin.

Terry Thomas resta bouche bée.

Excédé, McTirney s'échauffa :

— Ça suffit ! Une nouvelle fois, tu n'as aucune preuve de ce que tu avances. Ce ne sont que de grossières intuitions. Il faudra déjà faire fouiller la zone, si possible dès ce soir, et vérifier si l'arme du crime n'est pas au fond de ce puits. Ensuite, il sera toujours temps de…

— Moi, je pense que… essaya Sweeney.

— Arrête de faire le malin ! tonna McTirney. Sans preuve, ou sans aveu, Rupert Lawson n'est jamais qu'un innocent.

— Oui, aussi innocent que pour les deux premiers meurtres dont il a déjà été suspecté, insista le jeune Écossais.

Cette fois, son coéquipier n'eut pas le temps de répliquer. Au même moment, les lueurs de plusieurs gyrophares apparurent sur les hauteurs de la colline.

— Les voilà enfin, déclara McTirney. J'espère que la légiste est avec eux… J'aimerais bien qu'elle voie le corps avant la nuit et qu'elle nous donne son avis.

— Mmm… parut acquiescer Sweeney. Mais ce dernier préféra finalement donner le coup de grâce à son coéquipier :

— Dis, Ian : dès qu'ils auront pris le relais, si nous nous dépêchions d'aller interroger Rupert Lawson ? Tu ne crois pas que ça urge ?

Pendant un court instant, l'inspecteur McTirney se demanda s'il résisterait encore longtemps à l'envie furieuse, qu'il sentait monter en lui, d'enrouler son sand wedge autour du cou de l'exaspérant barbu…

"And down went the train and passengers
into the Tay…"

La Ford Escort entamait la descente du Tay Road Bridge en direction de Dundee. Dans la nuit écossaise, les lumières donnaient l'illusion que toute la ville n'était qu'un phare, ultime refuge coincé entre les rigueurs de la mer du Nord et l'âpreté de la lande. En atteignant la rive du Tay, Sweeney songea que pour une fois, il ne dormirait pas à Édimbourg. À la différence de sa tante… Mais l'inspecteur se dépêcha de chasser au plus vite cette idée négative. Il mit son clignotant sur la gauche et bifurqua vers le *RRS Discovery*[14]. Pourtant, comme il aurait eu envie de parler à la vieille dame… Un nouveau coup de clignotant, à droite cette fois, et l'Escort s'engagea dans West Marketgait[15].

14. Trois mâts du célèbre explorateur polaire Robert Scott. En 1901, le vaisseau passa deux hivers pris dans les glaces de l'Antarctique, avant d'être restauré et de rejoindre Dundee, son port d'attache, en 1986.

15. Grande artère du nord-ouest de Dundee.

En réalité, c'est une idée saugrenue qui avait poussé Sweeney à se rendre à Dundee. Puisqu'il fallait attendre l'aube pour interpeller Rupert Lawson, et qu'une équipe planquait déjà pour s'assurer que l'oiseau ne s'envolerait pas, le jeune homme s'était dit que sa présence aux côtés de McTirney n'était plus nécessaire. Jugeant également que, même si la nuit allait être courte, mieux valait réduire le temps d'attente en compagnie de son coéquipier – les deux enquêteurs, minés par une même envie d'agir, n'auraient pas manqué de se mettre une pression inutile –, il avait finalement décidé qu'il ne rejoindrait la pension de son collègue que pour s'y allonger brièvement. Il dormirait peu, mais au moins d'un sommeil réparateur.

En attendant, le jeune barbu avait prétexté vouloir se détendre en ville. En fait, il avait commencé par contacter sa logeuse, Mrs Trench, afin qu'elle s'occupe de Berthie pour la nuit. Puis, en s'efforçant de ne pas réfléchir tant son appel était insensé, il avait trouvé le courage de composer le numéro de Margaret Milnedon. Très vite, une voix mûre, agréable, lui avait répondu. Passé les premiers instants de bizarrerie – « Comment ? Vous êtes policier ?... Quelle drôle de démarche, je ne comprends pas... » –, la dame avait fini par répondre positivement à sa question : « Mais oui, bien sûr que je connais Jenny Milnedon... Ou plutôt Jenny *McFadden*...

— Justement. Est-ce que vous pourriez m'en dire plus à son sujet ? avait enchaîné Sweeney. C'est peut-être important.

— Vous me dites que vous menez une enquête, douta son interlocutrice. Mais si c'est le cas, cette pauvre Jenny ne...

— Oui, je sais que ce sera difficile de l'interroger… D'ailleurs non, Madame. Il ne s'agit pas vraiment d'une enquête. Je…

— Vous êtes sûr que vous êtes policier ? Vous ne vous êtes même pas présenté.

— Ah oui, vous avez raison… Je m'appelle Sweeney, Archibald Sweeney. Je suis inspecteur à Édimbourg. Peut-être que mon nom vous dit quelque chose ?

— Quoi, non ? C'est une blague !… Vous me faites une blague ?

— Hem… Non Madame, je vous assure. C'est bien mon nom, et ma fonction.

— Vous êtes bien le fameux inspecteur Sweeney ?

— Ben… oui.

— Celui qu'on voit à la télé avec une drôle de canne sur l'épaule ? Celui qui…

— Un sand wedge, Madame. Un sand wedge.

— Ah ça !… Mais qu'est-ce que vous me voulez ?

— Vous parler de Jenny McFadden. Est-ce que l'on pourrait se rencontrer ?

— Mais… Si c'est vraiment vous, oui bien sûr ! Quand pouvez-vous venir à Dundee ?

— Hem… Là, je suis à Tayport. Ce n'est pas très loin. Je peux être chez vous dans… allez… oui, dans moins de vingt minutes.

— Quoi, dès ce soir ? Mais… Je…

— Pardon, je comprends… Non, si vous préférez, je peux…

— Non non, pas de souci… Est-ce que vous pourriez être là pour vingt heures ?

— Euh… Oui, naturellement… Ça ne vous dérange pas ?

— Non, ça pourrait même être amusant... Est-ce que vous avez mon adresse ?

— Oui, au 212 de la...

— Parfait, c'est ça. Sonnez, et je viendrai vous ouvrir.

— Ha ? Hem... Merci beaucoup, Madame... Merci, à tout à l'heure ! »...

Sweeney consulta l'horloge à cristaux liquides du tableau de bord : presque vingt heures. Dans moins de cinq minutes, il en saurait enfin plus au sujet de cette mystérieuse Jenny McFadden...

*

Le jeune inspecteur repéra facilement la demeure de Margaret Milnedon, ainsi que la place de parking encore libre de l'autre côté de la rue. Après un créneau laborieux, Sweeney coupa son moteur et observa la maison. Haute de deux étages, cette dernière affichait un style résolument londonien qui détonnait avec ses plus proches voisines, beaucoup plus austères. Les fenêtres du rez-de-chaussée étaient éclairées, mais un épais rideau blanc empêchait de distinguer l'intérieur. Avant de sortir du véhicule, le policier veilla à ne pas oublier son sand wedge, indispensable sésame auprès de Mrs Milnedon. Enfin, il alla sonner le long de la porte rouge où s'affichait le numéro 212.

Un bruit de pas empressés remonta un long couloir, puis le battant s'ouvrit.

— Euh... Bonsoir Madame, inspecteur Sweeney. C'est moi qui vous ai appelée tout à l'heure... Est-ce que vous voulez voir ma carte ?

Margaret Milnedon avança la tête. Elle scruta ce jeune rouquin barbu, mal fagoté, équipé d'une canne de golf incongrue, puis déclara :

— Non merci, c'est bon. Je crois bien que c'est vous, lui sourit-elle.

Elle ouvrit largement la porte.

— Venez, l'invita-t-elle à entrer. Le vent est glacial ce soir.

En se glissant dans le couloir, Sweeney observa Margaret. La dame était âgée d'une cinquantaine d'années. Les cheveux très bruns, coupés au-dessus des oreilles, elle possédait un regard bleu vif pétillant qui donnait d'elle une sensation de générosité, mais aussi d'émotivité.

Elle a dû être très belle… s'imagina l'enquêteur.

Malheureusement, son tee-shirt aux motifs sophistiqués, rehaussé par un long collier de perles, ne parvenait plus à dissimuler les bourrelets que le temps avait fini par lui enfiler sur les hanches. Et même son fuseau noir, très serré, ne suffisait plus à lui procurer l'illusion d'une silhouette élancée.

— Vous n'avez pas de manteau ? s'étonna Margaret.

— Euh… Non. Je n'en porte jamais.

— Bien. Je vous conduis au salon.

Sweeney traversa le long couloir central dans le sillage de la dame, puis dépassa une cuisine moderne parfaitement rangée.

Mon hôtesse a déjà dîné. En outre, elle a également fait le ménage. À moins que sa maison ne soit toujours aussi bien ordonnée, en déduisit le policier.

Puis Mrs Milnedon fit entrer son invité dans un salon chaleureux, aux murs couverts de livres et de tableaux, dans lequel de nombreux petits meubles avaient tous hérité de décorations pour les fêtes de Noël. Margaret lui désigna un canapé au tissu vert foncé qui cernait une table basse en merisier, avant de s'asseoir elle-même à l'angle gauche du divan. Sweeney imita son hôtesse en prenant possession du coussin du centre, puis déposa son sand wedge à même le plancher.

— Je n'en reviens pas. Vous êtes vraiment le célèbre inspecteur… lui sourit Margaret.

Le jeune homme souleva brièvement son club de golf et lui retourna son sourire :

— Oui, vous voyez : c'est bien moi !

Sweeney laissa traîner un regard timide et amusé sur la table basse.

— Que diriez-vous d'un verre de whisky ? lui proposa Mrs Milnedon.

— Euh…

— Ou alors un grog ? Il fait vraiment très froid ce soir… J'ai une recette de whisky chaud, agrémenté d'épices que je fais venir de la capitale.

— De Londres ?

— Non, d'Édimbourg. *Notre* capitale, s'offusqua-t-elle.

Intrigué, l'enquêteur se laissa convaincre :

— Eh bien d'accord, va pour un grog… Mais juste un fond, n'est-ce pas ? Je dois reprendre la route.

— Oui. Bien sûr, acquiesça Margaret. J'en ai pour une minute.

La séduisante dame brune repartit en direction de la cuisine.

Sweeney profita de ce moment de solitude pour étudier la pièce, recherchant notamment des photos qui lui auraient permis de mieux cerner la personnalité de son hôtesse. Il découvrit assez vite un cliché en noir et blanc, témoignage d'une époque où la jeune beauté de Margaret était encore éclatante. Puis quelques photos de groupes, souvenirs de vacances égyptiennes ou asiatiques, mais rien qui permît de penser que Mrs Milnedon fût mariée ou qu'elle eût des enfants.

La quinquagénaire revint au bout de quelques instants :

— Voilà, Mister Sweeney. C'est déjà chaud. Avec le micro-ondes, maintenant… sous-entendit-elle.

Le jeune homme huma un breuvage aux parfums de cannelle et de whisky mélangés. Margaret le lui tendit dans une tasse à grog transparente, serrée par une main dont l'annulaire arborait… deux anneaux d'argent.

Tiens ? nota le policier. *Deux anneaux, c'est étrange. Est-elle divorcée ou bien veuve ?*

— Merci… Vous ne prenez rien ? lui demanda-t-il.

— Non, pas si tôt après le dîner. Dans une heure peut-être.

Sweeney trempa prudemment ses lèvres dans la décoction de Mrs Milnedon. Rapidement, il en fut enchanté.

— Mmm… C'est excellent… Il y a de la cannelle, c'est évident, mais aussi de l'anis. Et… on dirait de la violette aussi, n'est-ce pas ?

— Secret de fabrication ! plaisanta la dame. C'est moi qui indique les ingrédients et leur dosage à mon fournisseur, puis il m'envoie mes petits sachets.

— Bravo, la félicita l'inspecteur. C'est un délice.

Margaret le laissa savourer deux nouvelles gorgées.

Puis elle se lança :

— Alors ?… Depuis que vous m'avez appelée tout à l'heure, je n'ai pas cessé de me demander pourquoi la police pouvait bien s'intéresser à Jenny.

— Oui, bien sûr… répondit Sweeney en déposant sa tasse. Jenny Milnedon, j'imagine que c'est une lointaine parente. Une arrière-grand-mère, un lien de ce genre ?

— Non, le détrompa-t-elle, à la fois émue et nerveuse. Pas du tout.

La déception se lut aussitôt sur le visage de l'Écossais.

— Mais alors, comment se fait-il…

— Toutefois, devança-t-elle la question, je vous l'ai dit : je la connais très bien.

Margaret fit tourner les deux anneaux d'argent autour de son doigt.

Un tic, ou une façon de canaliser son émotion ? envisagea Sweeney.

— Je sens que je vous intrigue, s'amusa-t-elle.

— Effectivement, reconnut son jeune invité.

— Je vous raconte ?

— Avec grand plaisir, affirma l'inspecteur.

Il avala une nouvelle gorgée de son grog.

Je sens que l'histoire promet d'être aussi savoureuse que le breuvage… devina-t-il.

Margaret recula dans le fond du canapé, puis commença :

— En réalité, le vrai nom de Jenny était McFadden. Elle avait pris place à bord du train de la catastrophe, celui du 28 décembre 1879, mais elle s'était fait enregistrer sous le nom de Milnedon.

— Pourquoi ?

— Elle avait indiqué le nom de famille de mon arrière-grand-oncle, James Milnedon… James avait débuté dans la vie comme voyageur de commerce pour un drapier de Dundee. La trentaine passée, avec l'essor des ports écossais et grâce à sa bonne étoile, il avait fait fortune dans le commerce des voiles. Ça marche beaucoup moins bien de nos jours ! plaisanta-t-elle… James s'était fait construire une belle maison dans le centre de la ville, bien plus belle que celle où j'habite maintenant, mais le quartier a été rasé dans les années soixante. On a construit des tours à la place… soupira Margaret.

— Quel rapport avec Jenny ?

— Ah oui… se ressaisit-elle. James l'avait rencontrée par hasard sur le port, à Édimbourg, lors de l'un de ses voyages d'affaires. C'était à l'été 1879. La petite était orpheline – Sweeney sursauta en songeant à sa propre situation – et selon la légende familiale, le coup de foudre fut immédiat. D'ailleurs, à son âge, il était temps que James trouve une épouse. Mais bon, le grand-oncle était riche, tandis que la petite, elle, survivait comme femme de chambre auprès d'une famille bourgeoise de la capitale. En 1879, j'imagine que cette relation ne devait pas être simple à faire accepter à la famille Milnedon.

— Mmm… Je le pense aussi, opina Sweeney.

— Bref, comme il n'y avait encore rien d'officiel entre eux, James et Jenny ne s'étaient pas vus pour Noël. Ça ne se faisait pas à l'époque : chacun de son côté !

L'enquêteur esquissa un sourire entendu.

— Mais, une fois passé cette concession aux bonnes mœurs, reprit-elle, James avait demandé à Jenny de venir le rejoindre chez lui, à Dundee, pour profiter du congé que lui avaient donné ses patrons. Et puis la petite n'avait aucune famille à visiter… C'était la première fois que Jenny montait dans l'Angus. À cette occasion, poursuivit Margaret, James lui avait annoncé qu'il lui ferait une surprise. En effet, fou d'amour pour sa belle, l'aïeul avait fait réaliser deux anneaux d'argent similaires…

— Ceux que vous portez au doigt ? comprit Sweeney.

— Oui. Ces deux-là, répondit-elle, lui montrant rapidement son annulaire.

Avant de continuer :

— La petite ne devait certainement pas s'en douter : sur le quai de la gare, James l'attendait pour lui présenter sa demande officielle de fiançailles. Ce devait être l'un des plus beaux jours de leur vie… Mais voilà, infléchit-elle le ton, on était le 28 décembre 1879… *« And down went the train and passengers into the Tay*[16] *»*, déclama-t-elle.

— Mmoui… Je me souviens qu'on nous avait fait apprendre le poème à l'école, se remémora le jeune homme.

— C'est tellement triste, commenta Mrs Milnedon. L'oncle attendait sa promise, mais elle n'arriva jamais… Ce n'est que deux jours plus tard – les nouvelles n'allaient pas aussi vite en ce temps-là – que James eut la confirmation que Jenny était à bord du train. En lisant les journaux, il a découvert la liste des victimes. Il paraîtrait qu'il trouva tout de même la force de sourire, en constatant que Jenny

---

16. « Et plongèrent train et passagers au fond du Tay » : vers du célèbre poème de William McGonagall, composé en hommage aux victimes de la plus grande catastrophe ferroviaire de l'époque.

ne s'était pas fait enregistrer sous son nom de jeune fille, mais qu'elle avait préféré se faire appeler « Milnedon », du nom de James, comme s'ils étaient déjà mariés.

— C'est touchant, apprécia Sweeney.

— Terriblement romantique, oui ! tenta de plaisanter son hôtesse, pour détendre l'atmosphère... Toujours est-il que le grand-oncle pleura beaucoup. En outre, le corps de Jenny, ainsi que ses bagages, ne furent jamais retrouvés. Et...

— Oui, j'ai lu que l'on n'avait repêché que quarante-six des soixante-quinze victimes.

— C'est ça, mais pas Jenny... Inconsciemment, James s'est persuadé que puisque l'on n'avait aucune preuve de la disparition de sa bien-aimée, peut-être n'était-elle jamais montée à bord ; elle avait pu changer d'avis, faire demi-tour, et elle finirait par venir le retrouver à Dundee. Il continuait même d'appeler Jenny sa « petite fiancée du Tay ».

— C'est affreux... s'émut l'inspecteur.

— Pourtant c'est ainsi : même si l'oncle reprit une activité normale, il ne parvint jamais à faire son deuil. Il ne se maria jamais, jusqu'à sa mort en 1910. Et toute sa vie, il conserva au doigt ses deux anneaux de fiançailles. Au cas où Jenny reviendrait.

Sweeney se sentait de plus en plus ébranlé.

Margaret poursuivit :

— Son plus jeune frère, Joseph, mon propre arrière-grand-père, lui a survécu. James lui avait fait promettre de conserver les anneaux et de ne jamais ni les vendre, ni les faire fondre. Par respect pour la mémoire de James et Jenny, Joseph a tenu parole, et a continué de porter les anneaux.

Puis ils sont devenus un cadeau de famille, une histoire qui se transmet de génération en génération.

— Je vois… constata le policier, admiratif.

— C'est même devenu plus que ça, ajouta Margaret. Avant la guerre de 14, je ne sais pas pourquoi, mon grand-père s'est vu remettre les deux anneaux. Il les a portés pendant quatre ans dans les tranchées de la Somme. Résultat : pas une égratignure ! Incroyable, non ?… Alors quand son fils – mon père, Joshua Milnedon – a embarqué sur un navire de guerre en 1941, le grand-père lui a transmis les deux anneaux porte-bonheur.

— Et alors ? l'interrogea Sweeney.

— Eh bien, à son tour, mon père est revenu sain et sauf de la guerre. La seule fois où son navire a coulé, c'était à proximité des côtes de Malte. Soigné à l'hôpital de La Valette, il y est tombé amoureux de l'infirmière : ma mère ! sourit-elle. Le seul naufrage à déplorer aura finalement été celui des cœurs.

— Une très belle histoire, commenta l'enquêteur.

— Oui. Même si, pour l'instant, elle se termine un peu moins bien pour moi.

— Comment ça ?

— En 1995, une semaine avant sa mort, mon père m'a confié les anneaux. Et malheureusement, ils ne m'ont pas porté chance… J'ai dû prendre du côté du grand-oncle : comme lui, je ne me suis jamais mariée. À cinquante ans passés, j'attends toujours mon prince charmant. Et c'est plutôt mal parti !

Margaret et Sweeney se mirent à rire de bon cœur. Ce dernier en profita pour terminer son grog.

— Vous voyez, parut conclure son hôtesse, je crains que la belle histoire ne prenne fin avec moi.

Dorénavant, je suis la dernière des Milnedon, et je ne vois pas à qui je vais bien pouvoir transmettre ces deux anneaux… C'est dommage. Pour nous, ils ont toujours été comme un symbole, une sorte de devise familiale : « Rien n'est jamais perdu tant qu'il reste l'espoir ». Mais là, à mon âge, sourit-elle, de l'espoir, il n'en reste plus beaucoup ! L'amour, comme celui de James, ne reviendra pas…

En l'entendant prononcer cette phrase, Sweeney pensa soudain : *Sauf que cette fois, c'est peut-être Jenny qui est revenue…* frissonna-t-il.

Margaret détecta immédiatement son trouble :

— Quelque chose ne va pas ? lui demanda-t-elle.

— Hein ? Euh… Non, mentit le policier. Je me disais juste qu'il devait se faire tard. J'y pense, se ravisa-t-il brusquement : auriez-vous une photo de Jenny ?

— Bien sûr, répondit Mrs Milnedon, et elle se leva aussitôt pour se diriger vers un meuble de coin dont elle extirpa deux clichés aux bords crénelés.

— Regardez. C'est amusant, dit-elle en revenant s'asseoir. Il aurait été indécent de poser ensemble, mais James et Jenny sont tout de même allés se faire photographier dans une boutique d'Édimbourg ; et quand on accole les deux photos, on a l'illusion qu'ils se regardent l'un et l'autre. Une belle astuce du photographe, n'est-ce pas ? C'est mignon… Tenez.

Par réflexe, l'Écossais disposa côte à côte les deux clichés que lui tendait Margaret : James à gauche, et Jenny à droite. L'ancêtre des Milnedon portait le costume noir, la barbe austère, et l'allure digne du commerçant fier de sa réussite. Elle, dans une petite robe blanche à dentelle – *c'était sûrement une belle journée*, imagina-t-il – ne ressemblait absolument pas à cette inconnue que Sweeney croisait dans ses rêves. Étrangement, son visage lui évoquait bien plus… celui d'Ilona !

Décidément, songea-t-il, *cela devient une obsession. Il faudrait que je me décide à appeler ma belle Irlandaise. On ne sait jamais, après tout.*

— Hem… Merci, se ressaisit l'inspecteur.

— Vous pouvez les conserver, déclara Mrs Milnedon.

— Comment ? Non, je ne…

— Mais si, je vous assure. Ce ne sont que des copies artificiellement vieillies. J'en possède plusieurs autres.

— Ah ?… Alors oui, je veux bien. Je les ramènerai à Édimbourg.

— Vous habitez la capitale ? releva Margaret. Dans quel quartier ?

— Hem… Je… Euh…

À la fois troublé et gêné, Sweeney n'osait pas avouer que sa propre adresse coïncidait avec celle de Jenny McFadden.

Son hôtesse insista :

— Je… Je ne devrais peut-être pas, mais… Au fait, comment avez-vous fait pour me trouver ? Et pourquoi vous intéressez-vous tant à cette histoire ?

Le jeune inspecteur se rendit compte qu'il devait une explication à sa nouvelle amie. Mais que, bizarrement, il ne se sentait pas encore prêt à la lui fournir :

— Margaret… Je peux vous appeler Margaret ?… Je vous promets que je vous donnerai une réponse. Laissez-moi un peu de temps… Je vous rappellerai, ou bien je reviendrai. Mais là… Non, pas ce soir. C'est encore trop intime.

La mine hébétée de Mrs Milnedon trahit une totale incompréhension.

— Je vous expliquerai, c'est promis. Mais là, il faut vraiment que je rentre… L'affaire criminelle qui m'a amené dans la région va probablement se dénouer tôt demain matin. Il faut que je rentre me reposer un peu… Quand tout sera fini, je vous appellerai.

— Bien d'accord, se contenta de lui répondre la quinquagénaire.

Sweeney se leva, empocha les clichés, puis ramassa son sand wedge :

— Merci, Margaret. Merci infiniment. Pour votre délicieux grog, pour les photos, et pour cette belle histoire dont vous m'avez fait l'honneur.

— Je vous en prie… L'honneur était pour moi.

L'enquêteur la devança dans le couloir.

Avant de refermer la porte, Margaret lui dit encore, une pointe d'espoir dans la voix :

— Revenez quand vous voulez.

Sweeney traversa la rue sans se retourner.

Bientôt onze heures… s'énerva l'inspecteur en consultant l'horloge du tableau de bord.

De retour dans le Fife, Sweeney ne cessait de tapoter nerveusement sur le volant de son Escort.

Non, je ne pouvais pas lui dire la vérité, se répétait-il, encore tourmenté. *De quoi aurais-je eu l'air ? Elle m'aurait pris pour un fou !… Lui raconter quoi ? Que Jenny McFadden était orpheline comme moi ? Qu'elle habitait à la même adresse et, certainement, dans le même appartement ?… Que j'ai l'impression de la croiser dans mes rêves, et qu'une « présence » se balade chez moi ?*

C'est sûr, j'étais bon pour les urgences du Western General Hospital. Mais pas dans le même service que tante Midge! ironisa-t-il.

Bien sûr, tout cela était inavouable.

À moins de croire aux fantômes, songea-t-il encore, avec un léger frisson dans le dos. *Et puis c'est vrai*, continua-t-il de s'agiter, *comment se fait-il que la petite Sue soit décédée sur les mêmes lieux que Jenny McFadden ? C'est à peine croyable… Et puis… Et puis d'où me vient cette curieuse impression que Jenny aurait « quelque chose » à me dire ? Pourquoi faudrait-il que je l'écoute ?… Et pour quoi faire ?*

La pancarte annonçant l'entrée de Tayport le ramena à la réalité.

Bon, direction la pension de McTirney… soupira-t-il. *Pourvu que Ian et sa logeuse soient déjà couchés : je n'ai aucune envie de leur raconter ma soirée !*

De la preuve naît… le doute.

— On a quand même bien fait de le coffrer, non ? demanda McTirney en accrochant son imper.

Sweeney se laissa tomber dans son fauteuil du bureau de Tayport, avant de répondre :

— Ian, attends… Dis, si pour commencer on se faisait livrer de quoi dîner ?… C'est vrai, depuis ce matin je n'ai rien avalé. Moi, je mangerais un bœuf !… Une grosse pizza, ça te dit ?

McTirney s'assit à son tour, sortit son calepin, puis répliqua :

— Non… L'agent Brown doit passer tout à l'heure pour nous faire signer les p.-v. d'audition. Si tu veux, avant de le laisser repartir, je lui demanderai d'aller nous chercher de quoi casser la croûte.

— Tu es pénible ! protesta son jeune collègue. Tu ne veux vraiment pas que nous…

— Sors plutôt ton dictaphone, et au boulot ! le tança McTirney.

Tout en maugréant, Sweeney déclencha la bande de son appareil.

— Bon, reprit son coéquipier, alors ? Que penses-tu de notre petite « discussion » avec Lawson ?

Le jeune barbu commença par croiser les bras, puis détourna le regard vers la fenêtre, avant de finalement se lancer :

— C'est sûr, le juge a eu raison de lui signifier sa mise en détention : des centaines de photos pédophiles découvertes sur son ordinateur, son voisinage avec les deux petites victimes, son absence d'alibi pour le soir des meurtres et, enfin, sa parfaite connaissance des lieux… Ah oui, bravo Monsieur le juge ! Quelle prise de risque ! Voilà une incarcération que personne ne vous reprochera. Au contraire, le bon peuple et la presse seront heureux.

Médusé, McTirney laissa son coéquipier finir sa tirade.

— Mais bon sang… s'énerva-t-il. Qu'est-ce qu'il t'arrive ? Le juge doit être en train de signifier sa détention provisoire à Lawson, et toi, tu te permets d'ironiser ? Qu'est-ce qui ne va pas ?… Durant tout le trajet de retour, tu n'as pas décroché un mot. Je pensais que tu étais crevé, mais tout de même satisfait du déroulement de la garde à vue… En plus, elle n'est pas mal du tout, leur salle d'interrogatoire à St Andrews, et nous avons pu mener l'entretien comme bon nous semblait. Tu ne trouves pas ?

— Si, justement ! rétorqua l'horripilant Sweeney.

McTirney laissa libre cours à sa colère :

— Mais dites-moi que je rêve ! Je me fais un film, ou bien tu as des doutes ? C'est ça ?… Il faudrait savoir, mon jeune ami ! C'est quand même bien toi qui n'as pas cessé de me harceler jusqu'à ce que nous obtenions un mandat au nom de Lawson. Tu te rappelles ?

Qu'est-ce que tu aurais dit si on n'avait pas forcé sa porte à l'aube, ce matin. Tu as même été le premier à le ceinturer sur son plumard… Depuis hier soir, tu n'as pas arrêté de m'expliquer que ce mec était le seul coupable possible, parce que…

— Oui. Mais ça, c'était avant son interrogatoire.

— Je ne comprends pas ! continua de s'agacer son collègue. Ce n'est pas parce qu'il n'a pas avoué qu'il faut le croire. C'est le b.a.-ba du métier, mon vieux. Les suspects tentent toujours leur chance. En plus, avec son expérience des gardes à vue, ne me dis pas que ça te surprend de sa part. Il connaît toutes les ficelles, l'ami Rupert.

— Bien sûr. Non, le problème ce ne sont pas ses dénégations. De toute façon, je m'y attendais.

— Eh bien, alors ?

— Non… Il y a autre chose.

— Quoi ?… Quoi encore ? vociféra McTirney.

— J'y ai bien réfléchi dans la voiture, pendant que nous rentrions. C'est pour ça que je n'ai rien dit… Non, pour moi, Lawson est un pervers absolu. Un pervers qui ne peut tirer sa jouissance que de la douleur des autres. Voir la souffrance d'autrui, la contempler et prendre son pied, c'est ça son trip ! Je l'avais détecté dès notre premier entretien, il y a deux semaines.

— Où veux-tu en venir ? s'inquiéta son coéquipier.

Sweeney commença par couper son dictaphone, puis reprit :

— À mon avis, Lawson est un prédateur plus psychologique que physique. Il sait que l'on souffre plus, et plus longtemps, dans son esprit que dans sa chair. Je le soupçonne même de préférer laisser ses victimes en vie plutôt que de les tuer. Elles souffriront plus, c'est beaucoup plus jouissif!

— Tu exagères, intervint McTirney.

— Non je ne crois pas, objecta le jeune barbu. J'en viendrais même à douter de sa culpabilité dans les deux premiers meurtres, ceux pour lesquels il a été innocenté. Ou alors, si c'est bien lui qui a tué les deux gamins, c'est qu'il n'avait pas le choix.

— Je t'avoue que je ne te suis plus. Pourtant tout l'accuse. Je ne sais pas ce qu'il te faut de plus.

— Écoute-moi, insista Sweeney : lorsque nous l'avons appréhendé ce matin, il n'a fait aucune difficulté particulière. Quand nous lui avons signifié le motif de sa garde à vue, j'ai même eu le sentiment qu'il était flatté d'être soupçonné de l'assassinat de David. Et en découvrant les journalistes devant le poste de police, j'ai bien vu qu'il jubilait que les médias s'intéressent à lui. Jusque-là, tout allait bien. Il s'éclatait !... En outre, c'est une situation qu'il a déjà connue et qu'il sait parfaitement gérer. Non, au début, Lawson maîtrisait son sujet... C'est ensuite que ça s'est gâté.

— Quoi, ensuite ? À quoi est-ce que tu penses ?

— Rappelle-toi, lui sourit Sweeney : lorsque tu lui as lu les rapports d'autopsie, celui de David puis celui de Sue, normalement, dans sa logique perverse, notre ami Rupert aurait dû se délecter de notre propre dégoût. Il aurait dû s'éclater de voir nos têtes, non ?

— Eh bien ?

— Eh bien, au contraire : je l'ai observé pendant que tu lisais, et Lawson n'a pas cessé de se recroqueviller sur sa chaise. Il grimaçait, se tordait le nez, il était même à deux doigts de pleurer. C'était lui qui souffrait, pas nous.

— Hein, tu crois ?

— Mais oui, je t'assure… Et tu sais pourquoi ? Parce que plus tu lui détaillais la façon dont les petits étaient morts, et plus il souffrait de… jalousie ! Oui, il enrageait de ne pas l'avoir fait lui-même. Tu comprends ? S'il avait été le meurtrier, il aurait dû prendre un panard du diable à revivre son acte à travers les p.-v. du toubib. C'est dans sa logique… Or, il a réagi d'une manière diamétralement opposée.

McTirney demeura silencieux. Le regard dans le vide, il paraissait ébranlé.

— Est-ce que tu me crois, au moins ? finit par le relancer Sweeney.

Son collègue répliqua :

— Mais où vas-tu comme ça ? C'est vrai, qu'est-ce que tu cherches à la fin ?

Le jeune inspecteur ne se laissa pas désarçonner. Il poursuivit :

— Lors de notre premier entretien, Rupert s'était beaucoup amusé. Il avait vite vu que nous pataugions, et que son absence d'alibi nous posait beaucoup plus de problèmes qu'à lui. Ce jour-là, il avait pris plaisir à nous voir souffrir. C'est encore lui qui maîtrisait la situation et qui, à sa façon, en jouissait… Cet après-midi, s'il avait été le coupable que nous recherchons, il aurait dû jouir du fait que nous le considérions comme un monstre. Oui, s'il avait été coupable des deux assassinats, il aurait eu plaisir à ce que nous souffrions des conditions atroces dans lesquelles il avait mis à mort ces deux enfants, sans que personne ne puisse l'en empêcher… Mais là, non, il n'en tirait aucune jouissance. Et pourquoi? Tout simplement parce qu'il n'était pas là. Cela paraît fou, mais lui souffrait de ne pas l'avoir fait!

Les deux enquêteurs gardèrent à nouveau le silence, comme s'ils avaient besoin de réfléchir.

C'est McTirney qui reprit le premier la parole:

— Donc, si j'ai bien compris, tu as un doute?

— Affirmatif, lui confirma Sweeney.

— Bien… Je pense que dans l'immédiat, ce n'est pas le moment d'en parler au juge. À chaque jour suffit sa peine… soupira l'ancien.

— L'idéal, intervint son équipier, ce serait que nous disposions enfin d'un véritable élément de preuve. Pour l'instant, l'avocat de Lawson va jouer sur du velours… Est-ce que tu as eu des nouvelles du ratissage de la zone du puits? songea-t-il à demander.

— Bon sang, c'est vrai! pesta McTirney. Pendant que je sortais faire ma pause, vers seize heures, Fraser est venu me voir.

— Alors, dis-moi! s'impatienta Sweeney.

— Eh bien, rien. Aucune empreinte de pas, aucune trace de pneus, si ce n'est celles que nous avons nous-mêmes laissées hier avec les plongeurs, et qui ont dû effacer celles qui nous intéressaient. Et puis rien non plus sur les arbres ou les murets bordant la piste: la voiture de l'assassin n'a, semble-t-il, pas quitté le chemin.

— Dommage… Et l'arme? Est-ce que l'on a découvert quelque chose de sérieux dans le puits?

— Non plus. Nos plongeurs reprendront demain, aidés par les gars de Downing et équipés de projecteurs plus puissants. Fraser m'a dit que l'équipe se plaignait des conditions dans lesquelles elle devait évoluer.

Apparemment, ils estiment que le puits serait trop dangereux et qu'il compromettrait la sécurité des recherches. Il m'a confié qu'il ne serait pas surpris si, demain, le travail s'arrêtait plus tôt que prévu.

— Fff… souffla Sweeney, déçu. Pourtant, il est indispensable que nous mettions la main sur l'arme du ou des crimes. Car sans les aveux de Lawson, nous ne…

Soudain, le téléphone retentit sur le bureau de McTirney. Ce dernier fit un signe de la main, comme pour s'excuser de ne plus pouvoir écouter, et décrocha :

— Oui, McTirney…

En quelques instants, le visage de l'inspecteur blêmit.

— Quoi ? Ce n'est pas possible…

Sweeney chercha le bouton du haut-parleur, mais en vain.

— *Shit*… poursuivit McTirney. Vous me tenez au courant ? Oui ?… À tout à l'heure, puis il raccrocha.

— Qu'est-ce qu'il se passe ? réagit son coéquipier. Qui était-ce ?

— Fraser, le renseigna Ian… Ah, *shit!* finit-il par craquer.

— Quoi ?

— Lawson… Lawson a sauté par la fenêtre du bureau du juge.

— Hein ?

— Oui, depuis le troisième étage.

— Il est…

— Non, mais il s'est salement amoché. On a informé Fraser que la colonne était touchée. Notre gars serait dans le coma. Il a déjà été évacué vers l'hôpital de Dundee.

— *Great Scott!* jura Sweeney à son tour. Tu vois bien : à cette hauteur, Lawson ne cherchait pas à s'échapper. Ça ne peut être qu'une tentative de suicide.

— P… ! se lâcha de nouveau McTirney. Ils ne pouvaient pas faire attention ? Je le retiens, le juge Walsh. Chapeau !

— Et puis dès que les médias vont apprendre la nouvelle, tout ça va fuser sur les chaînes d'infos, ajouta son coéquipier.

— Si c'est tout ce qui t'inquiète… parut lui reprocher Ian.

— Non, bien sûr. Mais je te l'avais dit.

— Dit quoi ? Que Lawson allait sauter ? Allons, tu ne vas pas prétendre que…

— Non, pas ça ! s'agaça Sweeney. Mais le suicide, tu vois, ça colle parfaitement avec ce que je t'expliquais tout à l'heure : si Lawson avait tiré jouissance de la situation, jamais il ne se serait défenestré. Au contraire, chez le juge, il aurait eu plaisir à lui retourner le couteau dans la plaie… Finalement, réfléchit-il, je me demande si ce n'est pas lui qui a tué les deux gamins dans la première affaire. S'il a si bien supporté les accusations à l'époque, c'est qu'il devait les avoir…

— Arrête ! le coupa McTirney. Tu vas me faire devenir chèvre ! Une fois Lawson est coupable ; la fois d'après, il ne l'est plus ; puis il l'est à nouveau… Ça suffit ! Moi je te dis que le fait d'avoir sauté est un aveu de culpabilité. Point final. Il a compris qu'il était foutu, et n'a pas supporté l'idée de finir ses jours en prison. Réaction classique, voilà tout. Ne va pas chercher midi à quatorze heures. Il faut juste que le juge Walsh apprenne à fermer ses fenêtres !

— Et toi, cesse de te simplifier la vie… riposta Sweeney.

Les deux policiers se dévisagèrent sans mot dire.

Avant, sous l'effet de la tension nerveuse, d'éclater de rire :

— Bon décidément, on n'y arrivera pas… lâcha McTirney, entre deux hoquets.

— Pire qu'un vieux couple ! lui retourna son coéquipier.

— Oui. Ça finit par y ressembler, sourit encore Ian.

Profitons de ce moment de bonne humeur : ça ne va pas durer, réalisa Sweeney. *Si jamais Lawson ne sort pas du coma, et si nous ne retrouvons pas l'arme du crime, je crains qu'aucune preuve ne puisse venir étayer l'une ou l'autre de nos hypothèses. Et dans cette affaire, sans preuve, il ne nous restera jamais que… des doutes !*

*

Sweeney s'y attendait.

À peine de retour dans son appartement, la jeune femme se manifesta de nouveau. Cette fois encore, elle attendit la nuit. Et un rêve propice.

L'inspecteur s'était préparé à cette visite, et son inconscient lui conseilla de ne pas lutter…

…Le visage qui l'accueillit en plein sommeil ressemblait à celui d'Ilona.

La chevelure de la jeune femme était toujours mouillée, et elle portait la même robe blanche que sur la photo de Margaret. Pendant un instant, Sweeney eut envie de lui avouer qu'il la connaissait, qu'il savait qu'elle s'appelait Jenny McFadden…

Mais il n'osa pas. Ou plutôt, il en fut incapable. Aucun mot ne sortit de sa bouche, comme s'il était condamné à n'être que spectateur.

Soudain, la jeune femme s'éloigna. La distance et la perspective augmentant, le rêveur eut alors la sensation de reconnaître la plage de galets aux abords du Firth of Tay. Mais Jenny menaçait de disparaître. Alors Sweeney décida de la suivre.

Sa robe blanche progressait vers une zone de plus en plus sombre. L'estuaire devait à présent se trouver dans leur dos. Mais le policier se sentait perdu. Il songea qu'il fallait se contenter de suivre docilement la silhouette qui le devançait.

Petit à petit, l'espace environnant retrouva des formes identifiables… C'était étrange. Car s'il faisait nuit noire, Sweeney parvenait pourtant à distinguer les contours du paysage.

Peu après, Jenny finit par atteindre une route perpendiculaire. De l'autre côté se dressait un monticule, ou une colline – le rêve ne permettait pas d'en estimer la hauteur – vers laquelle la jeune femme se dirigea sans hésiter. Sweeney eut l'impression que s'ils avaient bifurqué à droite, et suivi la route, ils auraient atteint le petit stade de Wormit. Mais Jenny semblait n'avoir qu'un seul objectif : rejoindre la butte de terre. Elle traversa le chemin puis vint apposer ses mains contre l'obstacle. Le rêveur remarqua que des ronces se dressaient sur la gauche, et qu'un épais buisson d'épineux encadrait la silhouette sur sa droite. Sans savoir pourquoi, l'inconscient de Sweeney les nota : *OK, des ronces à gauche, un gros buisson à droite. L'endroit sera plus facile à identifier.*

Jenny parut attendre que son compagnon eût parfaitement mémorisé les lieux. Puis elle posa de nouveau ses mains contre la butte, à mi-hauteur. Et, tout en fixant Sweeney, elle pressa longuement ses paumes contre la terre.

Elle appuya… Elle appuya encore. Encore. Et encore…

Elle ne cessait plus d'appuyer!…

*

Dès son réveil, Sweeney sauta hors du lit et se précipita à la recherche de son téléphone portable. Barbe et cheveux en bataille, il se mit à retourner le fatras qui jonchait le sofa, la table de cuisine, et même le dessus des chaises. Soudain, le bouillant inspecteur se souvint qu'il avait abandonné son appareil dans la poche de son pantalon. Il courut dans la chambre et mit la main sur son vieux tweed. Il en extirpa son dictaphone, puis soupira en dénichant enfin son précieux téléphone à clapet. En l'ouvrant, Sweeney prit connaissance de l'horaire matinal : *6:05, tant pis pour Ian !* se dit-il, et sans hésiter, il composa le numéro de son coéquipier.

Quatre… Cinq sonneries… Dépêche-toi, Ian. Réponds… Réponds tant que j'ai le rêve bien en tête…

Enfin, la voix – encore un peu vaseuse – de McTirney se fit entendre :

— Ouais, c'est moi… Qu'est-ce que tu me veux ? Est-ce que tu as vu l'heure qu'il est ?

— Salut, Ian. Il fallait que je t'appelle.

— Pourquoi ? Tu as du nouveau ? Parce que tu sais, de mon côté, rien n'a bougé depuis hier soir.

— Non, enfin si… Enfin, si on veut… En fait, j'aurais besoin de toi, cessa de tergiverser Sweeney.

— Quoi encore ?

— Voilà : est-ce que tu pourrais appeler St Andrews ? Il faudrait retourner fouiller la plage de Wormit.

— Hein, qu'est-ce que tu me chantes ? Mais le secteur a déjà été passé au peigne fin, tu le sais bien. Qu'est-ce qu'il te prend ?… Et puis ça m'étonnerait que Fraser et ses gars n'aient que ça à faire, surtout après ce qu'il s'est passé hier soir.

— Oui, bien sûr. Mais j'ai une idée, insista Sweeney, même s'il n'osait pas encore évoquer le rêve insensé qui motivait son appel… Le long de la petite route derrière la plage, reprit-il, tu sais, celle qui mène au terrain de foot, il y a une grosse butte de terre entre les dernières maisons et le terrain de sport.

— Oui, peut-être. Et alors ?

— Eh bien, est-ce que tu pourrais demander aux collègues d'y envoyer un gars avec une poêle à frire ?

— Mais… sursauta McTirney. Mais pour quoi faire ?

— Tu te souviens, on n'a toujours pas l'arme du crime… répondit-il.

L'ancien, qui dormait pourtant encore profondément quelques minutes plus tôt, explosa :

— Mais je rêve ! Il est à peine six heures du mat', notre principal suspect est entre la vie et la mort, et toi, comme ça d'un coup, tu m'appelles au saut du lit, et il faudrait que j'obéisse à tes « intuitions » ?… Qu'est-ce que tu veux ? Que j'envoie un pauvre type sonder la butte de Wormit alors qu'il fait encore nuit ? Tu dérailles ?! hurla McTirney.

Sweeney ne se laissa pas impressionner :

— Parce que tu as mieux peut-être ? Dans l'immédiat, à part attendre que Lawson sorte un jour du coma, ou bien lire la presse du matin qui va nous tailler en pièces, je ne vois vraiment pas ce qu'il y a de mieux à faire. Moi, au moins, j'ai des idées.

Son coéquipier ne protesta pas. Les neurones encore engourdis, il ne songea même pas à lui demander d'où pouvait bien lui venir cette stupéfiante hypothèse. Et surtout, à force de côtoyer Sweeney, il avait appris à se méfier de ses brusques intuitions.

— Tu m'emm… lâcha McTirney.

— Oui, merci. Ça, je le savais déjà, lui renvoya le jeune barbu.

— Euh… qu'est-ce qu'il te faut ? finit par céder Ian.

— L'idée serait qu'un agent, équipé d'un détecteur de métaux, aille ratisser le pied de la colline, le long de la route. Si je me souviens bien, elle est facilement accessible sur cette portion.

— Mais je ne sais même pas s'ils ont le matériel à St Andrews. Ni même si quelqu'un sait le faire fonctionner, objecta McTirney.

— Eh bien dans ce cas, tu demanderas à Dundee. Et si tu n'y arrives pas, ou s'ils refusent, je le ramènerai d'Édimbourg, quitte à faire le sondage moi-même.

— Ah ça va, arrête ton chantage ! râla son coéquipier… Je vais voir ce que je peux faire. Ils vont encore me prendre pour un dingue là-bas… De toute façon, pour l'instant, vu l'heure qu'il est… Au fait, ajouta-t-il, à quelle heure est-ce que tu comptes te pointer ?

— Hem… Le plus tôt possible, tenta de le rassurer Sweeney.

Avant de préciser :

— Mais il faudrait d'abord que je passe par l'hôpital. Hier soir, j'avais un message du professeur Baine. Il me disait qu'il envisageait de laisser sortir ma tante et qu'il voulait m'en parler. Il m'a demandé de passer ce matin.

— OK, comprit McTirney. Ça signifie qu'elle va mieux, c'est parfait… Dis-moi quand même : à partir de quelle heure est-ce que je peux compter sur toi ?

— Oh, allez… Vers le milieu de la matinée, estima son collègue.

— Bon, ne traîne pas. À tout à l'heure.

— À tout à l'heure. Merci Ian, ajouta-t-il avant de raccrocher.

Les mains sur les hanches, et le torse nu, Sweeney fut tout à coup pris de frissons.

Brrr… Il gèle ce matin. Quoique… Non, pas vraiment… se ravisa-t-il. *J'ai plutôt l'impression que si je tremble, c'est à cause de ce que je viens de demander à Ian… Et ce qui m'inquiète le plus, ce n'est pas que l'on ne trouve rien dans la butte de Wormit. Au contraire : je suis terrifié à l'idée qu'on puisse y découvrir quelque chose !* réalisa-t-il.

*

En arrivant à Tayport, Sweeney stationna sa Ford dans la rue habituelle, à deux pas de la mairie. En saisissant son sand wedge, il n'osa pas regarder l'heure qu'indiquait le tableau de bord. Car il se doutait que l'horloge marquait déjà plus de treize heures…

L'accueil de McTirney promettait d'être frais. L'inspecteur coupa la radio – les stations nationales ou périphériques ne parlaient plus que de la tentative de suicide de Lawson, déplorant l'incompétence manifeste de la police – puis prit la direction de l'hôtel de ville.

En pénétrant dans le bureau, canne sur l'épaule, Sweeney eut la surprise d'y découvrir son supérieur, le commissaire Wilkinson, debout au milieu de la pièce. McTirney, pour sa part, était affalé dans son fauteuil, la mine préoccupée. À son arrivée, les deux hommes le gratifièrent d'un regard réfrigérant.

Oh là là, s'inquiéta le barbu, *je me doutais que la présence du patron ne présageait rien de bon – il n'aurait jamais fait soixante miles si c'était pour me féliciter – mais cette fois, je sens que ça va chauffer...*

— Tu as vu l'heure qu'il est ? le cueillit aussitôt McTirney.

— Euh... Bonjour Patron. Quelle bonne surprise ! s'efforça de sourire le nouvel arrivant.

Avant de répondre à son coéquipier :

— Je t'avais dit que je devais passer par l'hôpital. Mais je ne...

— C'est quoi cette idée de poêle à frire ? le coupa Wilkinson, manifestement tendu.

En observant les joues déjà rouges du commissaire, l'abondante sudation qui perlait du haut de son crâne, ainsi que la dilatation de son cou de taureau, Sweeney comprit que le patron n'était pas d'humeur à le laisser raconter des histoires.

— Euh... C'est moi qui en ai fait la demande à Ian ce matin, reconnut-il immédiatement.

Toutefois, Sweeney songea que Wilkinson n'avait sûrement pas couvert le trajet depuis la capitale pour lui poser cette seule question ; en outre, il doutait qu'elle fût la plus urgente.

Mais puisque le sujet semblait intéresser son supérieur, le jeune enquêteur poursuivit :

— Pourquoi ? Est-ce que tu as réussi à trouver quelqu'un, Ian ?… Ils ont le matériel à St Andrews ?

Ses deux aînés le dévisagèrent. Puis soudain, d'un air entendu, Wilkinson fit un signe de tête à McTirney. L'inspecteur parut comprendre. Il se pencha sur sa gauche et ouvrit un tiroir. À la surprise de Sweeney, il en sortit un scellé transparent qui contenait… un couteau.

— Qu'est-ce que c'est que ça ? sursauta son coéquipier.

— Donnez-le lui, ordonna Wilkinson.

Sweeney s'avança et prit le scellé des mains de McTirney. Tenant le sachet à mi-hauteur, il le fit tourner lentement devant lui… Le sac renfermait un petit couteau à cran d'arrêt, au manche blanc, dont la lame était demeurée dépliée. Des résidus de terre étaient apparents sur toute la longueur de l'objet, mais celui-ci ne présentait aucune trace de rouille. Si le couteau avait été recouvert de terre, il n'y avait pas séjourné longtemps ; il paraissait même presque neuf. Enfin, des marques sombres, partiellement effacées, imprégnaient encore la lame.

Si le couteau a été placé dans un scellé, réfléchit Sweeney, *c'est que la Scientifique a déjà eu le temps d'effectuer ses relevés.*

L'inspecteur n'y tenait plus. Il demanda :

— Ian, qu'est-ce que c'est que ça ?

— Ça, lui annonça McTirney d'un ton glacial, c'est ce que l'on a découvert dans la butte de Wormit tout à l'heure, peu après neuf heures. À l'endroit exact que tu m'avais indiqué.

Sweeney frissonna. Subitement mal à l'aise, il préféra reposer le sachet sur le bureau de son coéquipier. Pendant ce temps, ses deux collègues le fixaient d'un air de plus en plus soupçonneux.

McTirney lui précisa encore :

— Il était enfoncé d'environ quinze centimètres, lame en avant, à hauteur d'épaules. Je n'étais pas sur place, mais l'agent Brown qui l'a découvert m'a dit que la terre était assez meuble, et qu'il n'avait pas dû être trop difficile de l'enfouir aussi profondément.

— Les spécialistes de Dundee sont déjà passés, l'informa Wilkinson. Des prélèvements des résidus sanguins ont été réalisés… Il y a au moins deux groupes distincts sur la lame. Peut-être ceux des enfants, ajouta-t-il.

— Ou tout autre chose… proposa Sweeney, de plus en plus gêné.

— Ils ont également trouvé des empreintes… continua le commissaire.

— Hein ?… Ah ? blêmit le jeune enquêteur. Et elles… Est-ce qu'elles étaient exploitables ?

La moue de son supérieur, déjà renfrognée, devint cette fois carrément agressive :

— Oh, mais oui… gronda le volcan Wilkinson. Et même qu'on les avait dans le fichier.

L'inspecteur eut la sensation que ses jambes flageolaient. Il prit soin d'aller s'asseoir sur le bord du bureau, s'appuya sur son club de golf, puis attendit la suite.

— Deux belles empreintes bien nettes, pouce et index, compléta McTirney. Du gâteau.

— Et… Et vous dites qu'on les a dans le fichier ? hésita Sweeney.

Wilkinson, les mains sur les hanches, et McTirney, le dos enfoncé dans son fauteuil, le dévisageaient avec toujours plus d'insistance.

Mais bon sang! s'énerva le barbu. *Qu'est-ce qu'il se passe ? Pourquoi me regardent-ils ainsi ? On dirait que ce sont mes propres empreintes qui ont été relevées !*

Sur le point de craquer, Sweeney demanda :

— À… À qui ? Heu… Je veux dire… Alors, à qui sont ces empreintes ?

— Une patrouille est partie nous le chercher, le renseigna le commissaire. Le client ne devrait pas tarder… D'ailleurs, poursuivit-il, c'est aussi parce que le couteau « parlait » autant que je suis venu. Dès que votre coéquipier m'a communiqué les premiers éléments, j'ai sauté dans la voiture. Je suis arrivé il y a moins d'une heure.

— Ah ? Très bien… fit mine de s'intéresser Sweeney. Mais… Mais quand vous dites « il », insista l'enquêteur, de qui s'agit-il ?… Lawson ? Je croyais qu'il était dans le coma ?

— Qui vous parle de Lawson ? Non ! s'exclama Wilkinson… Les empreintes sont celles de Sharp, le père de David !

Sweeney n'en crut pas ses oreilles.

— Qu… Quoi ? bredouilla-t-il.

— Eh oui, lui sourit McTirney. On a découvert que Sharp avait un dossier dans nos services. Une histoire de vol et de recel de matériel de chantier, il y a moins d'un an. Du coup, ses empreintes étaient disponibles.

Son jeune coéquipier était littéralement suffoqué. Pas un seul instant il n'aurait imaginé que Bill Sharp, ce père de famille modèle, si prompt à les aider dans leurs investigations, pût être l'assassin des deux enfants.

— Mais… hésita de nouveau Sweeney. Mais commissaire, dit-il en désignant le scellé, est-ce que vous pensez que ce couteau pourrait être…

— L'arme du crime? devina son supérieur. Ah oui, ça commence à y ressembler… Nous devrions obtenir les résultats de l'analyse sanguine dans une ou deux heures. En attendant, nous aurons juste le temps de poser les premières questions « intéressantes » à ce bon Mister Sharp, dit-il en se frottant les mains, un sourire prédateur au coin des lèvres.

Puis, d'un coup, Wilkinson changea totalement d'expression. Son visage se ferma et, presque menaçant, il interrogea Sweeney:

— Bon… Maintenant, soyons sérieux: comment avez-vous fait ça?

L'inspecteur fit mine de ne pas comprendre.

— Sweeney, insista son supérieur, Sharp ne va pas tarder… Dites-nous comment vous avez su que le couteau se trouvait là?

— Mais… C'est que… Mais je ne le savais pas, finit par lâcher l'inspecteur.

Ses deux collègues le dévisagèrent, médusés.

— Vous vous foutez de moi?! tonna Wilkinson.

Great Scott! Qu'est-ce que je vais bien pouvoir leur raconter? paniqua Sweeney. *Si je leur parle de mon dernier rêve, de ma visite chez Margaret Milnedon, ou bien de Jenny McFadden, je suis bon pour la commission de discipline. Ou pire encore, pour un séjour à Morningside*[17] *! Je suis persuadé que Wilkinson en serait capable…* frémit-il. *Bien, dépêchons-nous. J'ai l'impression que le patron va vite s'énerver… Mais franchement, qu'est-ce que je vais bien pouvoir lui inventer ? Parce que s'il s'avère que ce couteau est bien l'arme du crime, et qu'il constitue la preuve que nous recherchions… Alors non,* conclut Sweeney : *pour moi, il ne s'agira plus d'une preuve. Ce sera au contraire le début d'un doute immense…*

---

17. Hôpital psychiatrique d'Édimbourg.

Une troisième rive…

Sweeney avait pris place sur une chaise métallique aussi large qu'inconfortable. Le dos tourné à la fenêtre, pour tenter d'ignorer la grisaille écossaise, il s'était assis à la droite de sa tante. Allongée sur son lit d'hôpital, la vieille dame avait le teint cireux, et ses bras, plus maigres que jamais, reposaient immobiles au-dessus des draps.

Le jeune homme balaya la chambre du regard, contemplant la porte beige et anonyme qui séparait sa tante du service de cancérologie.

Puis il remarqua :

— Tiens, ils ont installé un second lit ?

— Oui, lui confirma tante Midge. L'infirmière m'a prévenue qu'une dame arrivait dans la journée. Ils l'opèrent ce matin.

— Ah ? répondit Sweeney, tout en espérant déjà que le moral de la nouvelle occupante ne viendrait pas altérer celui de sa tante. Il ajouta :

— Et toi ?… J'ai l'impression que cette deuxième opération t'a finalement fait du bien, non ?

— Je n'irais pas jusque-là… s'efforça-t-elle de plaisanter. Non, en réalité, je sens que je supporte un peu mieux les traitements. C'est tout. À moins qu'ils n'aient réduit les doses, envisagea-t-elle… Mais je sais que je suis encore loin d'une rémission. Il est beaucoup trop tôt pour ça… Toutefois, poursuivit tante Midge, j'espère que le professeur Baine me jugera bientôt capable de rentrer à Aberdeen.

C'est déjà bon signe qu'elle y pense, se réjouit son neveu.

— Il me parlait de te laisser sortir dans moins d'une semaine, lui apprit Sweeney.

— Tu en sais plus que moi, ironisa la vieille dame. Quand le professeur te l'a-t-il dit ?

— Euh… Il y a deux jours environ, se souvint le policier.

— Acceptons-en l'augure… soupira-t-elle en levant les yeux au ciel.

Elle le regarda de nouveau :

— Je serais heureuse de pouvoir fêter le Nouvel An à la maison. Tu pourrais venir, ça me changerait de ce Noël lugubre que j'ai passé en compagnie du vieux monsieur de la chambre d'à côté. Tu ne seras pas d'astreinte, au moins ?

— Je ne crois pas. Si Goosen est remis, c'est lui qui devrait s'y coller.

— Et puis, sourit-elle, maintenant que je ne vomis plus, je suis de nouveau une convive tout à fait acceptable !

Sweeney se sentit réconforté par sa bonne humeur : *Tante va de mieux en mieux. C'est encourageant… Seul bémol : si la fête se déroule à Aberdeen, je suis bon pour passer la soirée en compagnie du révérend Davis, de son épouse et de leurs habituelles bondieuseries... Tante ne pourra pas s'empêcher de les inviter, et c'est Mrs Davis qui préparera le dîner!... Non, mieux vaut essayer de la faire penser à autre chose...*

— Est-ce que tu veux que je te parle de mon enquête ? lui proposa-t-il.

Comme il l'espérait, la malade fut prompte à accepter :

— J'ai lu qu'il avait tout avoué ? C'est ce que disaient les journaux d'hier.

— Oui oui... la tempéra le jeune inspecteur. Nous avons recueilli ses aveux à trois, avec Ian et Wilkinson. Le patron voulait être là... On l'a même entendu dans nos locaux, à Édimbourg. C'était plus pratique.

— Il n'a pas fait de difficultés ?

— Non, aucune. Le fruit était mûr. Sharp souhaitait visiblement pouvoir soulager sa conscience... Cela faisait des semaines qu'il jouait la comédie, que le remords le taraudait. Il nous a donné l'impression de vouloir vider son sac.

— Tu peux m'en dire plus ?... reprit-elle. Avec l'opération, je crois que j'ai raté quelques épisodes.

— Si tu veux, céda Sweeney en souriant.

Avant d'enchaîner aussitôt :

— Le soir où les deux enfants ont disparu, Mister Sharp est parti à leur recherche dès son retour au domicile. Il est tout d'abord passé voir Cunningham, qui a refusé de l'accompagner, puis a pris sa voiture. Assez vite, le père de David a découvert les jeunes qui marchaient sur le bord de la route, le vélo à la main. Il faisait déjà nuit, et tous les deux s'éloignaient de Tayport par le sud, en direction des bois… Sharp les a doublés, puis a stoppé son break Volvo juste devant eux. Il a tout de suite grondé son fils, en lui rappelant qu'il lui avait interdit de retourner voir la petite Sue.

— Pourquoi ?

— Des amies de la gamine avaient raconté que David essayait d'embrasser Sue à la sortie de l'école. Les parents Cunningham avaient pris ces déclarations pour argent comptant, et étaient venus protester chez les Sharps. Le père leur avait promis que David ne viendrait plus l'importuner, et qu'il s'en portait garant… La désobéissance manifeste de son fils a dû le faire monter dans les tours.

— Et c'est pour cette raison qu'il l'a tué ? s'étonna tante Midge.

— Non, pas seulement… En réalité, David lui a tenu tête. Au lieu d'obéir, le gamin s'est rebellé. Il a refusé de monter dans la voiture ; il a incité Sue à le suivre, puis a fait mine de poursuivre sa route en ignorant son père.

— Le jeune Roméo voulait montrer son courage à sa belle, commenta tante Midge. Quel petit diable !

— Oui, certainement. Mais ce fut sa dernière bravade… Car en voyant David tourner les talons, et refuser son autorité une fois de plus, c'est là que Sharp serait devenu fou. Il avait accumulé une telle colère contre ce fils qu'il ne contrôlait plus, à la différence de ses trois autres frères, qu'il a brutalement explosé. Sharp nous a déclaré qu'il s'était emparé du canif qu'il avait toujours dans sa poche. Il est arrivé derrière David et lui a porté un premier coup dans la gorge, probablement mortel.

— Mon dieu ! frémit sa tante.

— Puis d'autres coups ont plu sur le garçon, dans le dos, sur le thorax – une dizaine au total, selon la légiste –, mais sur ce point précis, Sharp ne s'est pas montré très bavard.

— Il devait être dans un état second, envisagea la vieille dame.

— Ce sera au tribunal d'en décider, répliqua le policier… Ensuite, Sharp s'est empressé de faire monter la petite Sue dans la voiture. La fillette était tétanisée, elle n'a pas bougé, mais hurlait d'effroi.

— Pauvre petite… murmura tante Midge, visiblement émue.

— Le père Sharp a placé le corps de son fils à l'arrière du break, chargé les deux vélos par-dessus, et il a pris la direction du puits de mine désaffecté dans les bois. Il connaissait l'endroit, sa décision était déjà prise… Ensuite, il nous a expliqué qu'il avait lesté le petit cadavre en l'attachant aux VTT, avec une sangle qui traînait dans le coffre, puis il a laissé glisser le tout au fond du trou d'eau.

— Et… Et Sue ? bredouilla sa tante.

— Dans un premier temps, Sharp nous a dit qu'il avait songé à la ramener chez elle. Mais il a vite compris qu'après ce qu'il avait commis sous ses yeux, ce n'était plus possible… C'est en descendant la piste qui traverse le bois qu'il aurait échafaudé le scénario macabre que nous avons découvert le lendemain matin.

— Je n'ose pas imaginer la terreur de cette petite… continua de s'angoisser tante Midge.

— Pour je ne sais quelle raison, Sharp a décidé de prendre la direction de Wormit. Il a stationné sa voiture à proximité du terrain de football, puis a entraîné Sue sur la plage de galets, jusque sous le pont de chemin de fer. Il faisait nuit noire, il pleuvait, et la gamine n'arrêtait pas de crier. Alors, il l'a fait taire... Avant d'aller jusqu'au bout de sa mise en scène, en simulant une agression sexuelle.

— Quelle horreur!... gémit sa tante.

— En repartant, le père de David est allé enfoncer son couteau dans la butte qui surplombe la route, par réflexe... C'est un geste étrange, réfléchit Sweeney, comme si Sharp, en plongeant sa main et la lame au plus profond de la terre, avait également voulu y enfouir sa culpabilité et laisser sur place, à tout jamais, l'acte épouvantable qu'il venait de commettre. Puis il est rentré chez lui... Pour donner le change, il a déclaré à sa famille qu'il n'avait pas vu les enfants. Il est même retourné les chercher avec deux de ses fils. Enfin, le lendemain matin, il n'a pas hésité, alors qu'il était en présence du corps de la petite et de son père, à proposer ses « bons » offices à Ian.

— Un monstre... jugea tante Midge.

— Oui. Je crois aussi que Sharp voulait voir dans quelle direction allait s'orienter l'enquête. Et comme souvent dans ce genre d'affaires, le meurtrier se trouvait sur place. Mais à cet instant, même si nous l'avions sous la main, Mister Sharp restait insoupçonnable.

— Vous ne pouviez pas deviner, confirma la malade.

— Évidemment, conclut son neveu, je ne serais pas surpris si le père de David avait envisagé, lors de son passage sur la scène de crime, pouvoir récupérer et faire définitivement disparaître son couteau. Mais avec la présence policière aux abords de la plage, l'entreprise a dû lui paraître beaucoup trop périlleuse, voire inutile. En effet, qui aurait bien pu avoir l'idée d'aller chercher un canif dans…

Au même instant, sans avoir frappé, l'infirmière de service fit irruption dans la chambre. Brune, jeune, mais assez forte et sans aucun charme, la soignante se dirigea vers la patiente sans paraître remarquer la présence du visiteur. Toutefois, elle lui lança :

— J'en ai pour quelques minutes. Vous pouvez nous laisser ?

Sans discuter, Sweeney ramassa son sand wedge, bredouilla un « À… À tout de suite » de circonstance, puis disparut dans le couloir.

L'épaule appuyée contre la paroi, Sweeney observait un vieil homme endormi dans un lit négligemment abandonné au beau milieu du hall.

Et s'il était mort ? se surprit-il à penser.

Subitement, la voix de l'infirmière surgissant dans son dos, le tira de ces réflexions :

— J'ai fini. Vous pouvez y aller mais ne restez pas trop longtemps. Vous allez la fatiguer, grogna-t-elle, avant de s'éloigner tout en ignorant le vieux monsieur alité dans le passage.

Pourvu que je n'aie jamais besoin de fréquenter ce genre d'endroit, frissonna le jeune policier. *Et vivement que ma tante sorte !*

En revenant dans la chambre, Sweeney remarqua aussitôt que la vieille dame avait pâli.

— Qu'est-ce qu'elle t'a fait ? s'inquiéta-t-il.

— Oh rien, chercha-t-elle à rassurer son neveu. Dolores m'a changé mon drain, ça fait toujours un peu mal… C'est tout, ça va passer.

— Mmm… marmonna l'inspecteur, tandis qu'il retrouvait l'inconfort de la chaise placée à côté du lit.

— Pose donc ton fichu « sceptre », se moqua sa tante pour s'obliger à sourire.

— Tu es sûre que ça va ? demanda-t-il encore, tout en déposant sa canne de golf. Si tu préfères te reposer, je peux…

— Mais oui, ça va passer, lui assura tante Midge…

Et pour lui démontrer tout son allant, elle enchaîna :

— Au fait, j'ai lu que Rupert Lawson était sorti du coma.

— Ah oui, c'est vrai, répondit son neveu… En effet, reprit-il, et c'est mieux ainsi. Mon collègue de St Andrews, l'inspecteur Fraser, est allé le voir. Il lui a appris que le véritable meurtrier était passé aux aveux, et que toutes les poursuites à son encontre étaient abandonnées… Mais je ne suis pas certain que cela le soulagera pour autant : après sa tentative de suicide, Lawson devrait rester paralysé des membres inférieurs. La colonne et la moelle sont touchées… Au moins, conclut-il, ce type ne s'en prendra plus aux gamins. Un mal pour un bien, en quelque sorte.

— Je te trouve bien sévère, lui reprocha tante Midge.

Mais une autre idée traversa aussitôt l'esprit de la vieille dame :

— Dis-moi, tu ne m'en as pas parlé… Comment as-tu fait cette fois ?

— Fait quoi ?

— Voyons, mais pour confondre le coupable… Les journaux ne sont pas très clairs. D'ailleurs, ton nom n'apparaît même pas. C'est bizarre.

Devant le silence du jeune policier, sa tante insista :

— On a finalement retrouvé son couteau avec ses empreintes, n'est-ce pas ?... C'est bien cela ?... Comment as-tu deviné ?

Sweeney préféra répondre à sa précédente question :

— C'est Wilkinson qui s'est personnellement chargé de la communication. En plus, toutes les télés étaient là, le patron adore ça. C'est toujours bon pour l'avancement, ironisa Sweeney... En réalité, précisa-t-il, le commissaire tenait à étouffer les circonstances de cette découverte. Mais tu as raison, c'est bien moi qui ai eu l'idée de faire passer une poêle à frire sur la colline.

— Pardon ? fit entendre sa tante.

— Oui tu sais, un détecteur de métaux. C'est un agent de St Andrews qui est rapidement tombé sur le canif de Sharp.

— Eh bien !... Est-ce que c'est un coup de chance ou bien ton intuition qui ont orienté les recherches ? Qu'est-ce qui t'a mis sur la voie ? voulut-elle savoir.

Apparemment gêné, Sweeney baissa les yeux et se mit à triturer la manche de son pull.

Avant de finalement lâcher :

— Wilkinson m'a expliqué que ça risquait de poser problème lors du procès.

— Quoi ?

— Heureusement que l'on a ses aveux.

— Je ne comprends pas, s'agaça la malade.

— Ben oui... Le patron pense que les avocats de Sharp pourraient prétendre que c'est nous qui l'avons placé là.

— Mais quoi ? Le couteau ?... Pourquoi, vous l'avez trouvé ailleurs ?

— Non non, il était bien enfoui dans la colline. Là où je l'avais indiqué à Ian.

— Alors ? Où est le problème ?… Quelle déduction t'a permis de découvrir l'endroit ?

— Heu… hésita son neveu. Justement : aucune.

— Hein ? Comment ?

— Ben non, confessa-t-il, je savais juste où il se trouvait. C'est tout.

Tante Midge écarquilla les yeux. La vieille dame était sidérée ! Alors qu'elle avait pourtant élevé Archibald depuis ses cinq ans, Marjorie Sweeney désespérait de réussir un jour à comprendre comment fonctionnait le cerveau qui se dissimulait sous cette fichue barbe rousse !

Tante Midge s'empara d'un verre d'eau posé sur sa tablette, retint une gorgée de liquide dans la bouche, puis y glissa une mystérieuse pilule bleu vert que l'infirmière avait déposée lors de son dernier passage. Sweeney observa la vieille dame sans même penser à lui demander ce qu'elle avalait.

Son traitement ingurgité, c'est elle qui reprit la parole :

— Donc, si je t'écoute, tu es en train de m'expliquer que c'est « par hasard » que tu aurais orienté les recherches vers cette colline près de la plage… Euh Archie, c'est un peu gros, non ?

Son neveu inclina de nouveau la tête, contemplant les semelles trop épaisses de ses brodequins, ainsi que les ridicules lacets rouges qui les tenaient fermés, et se mit à jouer avec sa canne de golf.

Au bout d'un moment, le jeune policier décida finalement de se confier.

Il déclara :

— Tante, je t'ai parlé de mon « fantôme » de ces dernières semaines. Tu te souviens ?

— Comment ?... Ah oui, tes fameux bruits qui provenaient des murs de l'appartement. Est-ce que c'était un rat ?... Et puis ton téléphone qui n'arrêtait pas de sonner. C'est fini aussi ?... Tu vois, lui sourit-elle, tout ça n'avait rien à voir avec un « fantôme ».

— Euh oui... Mais il n'y avait pas que ça... J'ai également fait des rêves.

Tante Midge afficha une mine navrée. Et si son regard ne paraissait pas aussi soupçonneux que celui du commissaire Wilkinson, il s'en fallait de peu ! Sweeney comprit alors qu'il était temps de tout lui raconter.

L'inspecteur commença par évoquer Jenny McFadden, la disparue du *Tay Bridge Disaster* qui avait habité à la même adresse que lui et qui, il en était dorénavant persuadé, était aussi la silhouette qui se manifestait dans ses rêves. Puis il lui parla de sa récente visite au domicile de Margaret Milnedon, à Dundee, ainsi que du destin tragique des amours de son aïeul avec la jeune domestique.

Sa tante écouta son récit sans jamais l'interrompre. Elle se contenta de replacer son oreiller dans son dos puis, de temps à autre, de jeter un coup d'œil à travers la vitre de la chambre.

Enfin, lorsqu'il lui sembla que son neveu était sur le point de conclure, elle reprit brusquement la parole :

— Dis-moi Archie, j'ai l'impression que le hasard n'est pour rien dans la découverte de cette arme.

La vieille dame prit encore le temps d'inspirer profondément avant d'ajouter :

— Pour ma part, j'ai une tout autre interprétation des faits, mon neveu.

Sweeney n'avait pas encore répliqué qu'elle enchaînait déjà :

— Je crois que l'inquiétude que tu as ressentie pour moi ces dernières semaines t'a marqué. Tes craintes t'ont rendu certainement beaucoup plus sensible et beaucoup plus « réceptif » à ton environnement... Par exemple, je parierais qu'il n'y a jamais eu le moindre rongeur dans les murs de ton appartement, mais que tu as tout simplement exagéré les bruits qui s'y produisaient.

Son neveu s'apprêtait à protester, mais tante Midge n'en était qu'au début de sa démonstration. Elle ignora la grimace du jeune homme et poursuivit :

— Et c'est pareil pour ton chien... Puisque tu n'étais jamais là à cause de ton enquête, la pauvre bête a elle aussi fini par être à cran. Ou alors, c'est ton propre état d'esprit qui l'aura influencée. Les animaux sont de véritables éponges... En entendant des mouvements, il a surréagi à son tour. Il s'est comporté comme il pensait, ou comme il sentait, que tu voulais qu'il le fasse. Dans un sens, c'est un peu comme s'il t'avait obéi... Et puis, pour les coups de téléphone, j'aurais tendance à croire qu'il s'agit d'un simple dérangement sur la ligne. Un banal dysfonctionnement, comme il en arrive souvent, que tu as là aussi fini par interpréter. D'ailleurs, pour en avoir le cœur net, il te suffirait de faire effectuer une recherche de ces numéros par tes propres services. Je suis même étonnée que tu n'y aies pas encore songé : avec ta réputation, un coup de fil et hop !, tu aurais la réponse en un rien de temps.

Sweeney n'osa pas contredire tante Midge quant aux délais – beaucoup trop flatteurs – qu'elle accordait à la diligence des services de police. Car, en effet, ses arguments commençaient à faire mouche et ébranlaient déjà quelques-unes de ses certitudes.

— J'allais oublier, reprit-elle : le départ d'Ilona. Il y a ça aussi… Bien sûr, même si tu ne veux pas te l'avouer, cet événement t'a rendu plus fragile, et cela bien avant que tu ne sois au courant pour ma maladie. Je suis persuadé qu'elle te manque… Tu n'en parles pas beaucoup, mais je te connais : tu voudrais tellement la voir revenir que cette « présence » que tu t'es imaginée, eh bien, je parierais que c'est elle ! Tu ne crois pas ?

Son neveu ne répondit pas. Plongé dans une profonde réflexion, ce dernier préférait continuer de jouer avec son club de golf, les yeux braqués vers le sol.

Tante Midge en profita pour lui asséner une nouvelle banderille :

— Enfin, lorsque ton équipier McTirney t'a raconté l'histoire de la catastrophe ferroviaire, je suis sûre que tu as été impressionné par son récit. Plus qu'il ne le fallait… Mais ça ne me surprend pas, ajouta-t-elle, le menton haut : je connais bien l'endroit, et ce vieux pont de chemin de fer, tout noir, métallique et tordu, au-dessus du Firth, moi aussi il me fiche la trouille. Si si, surtout l'hiver… Ce coin, quand tu sais ce qu'il s'y est passé, et maintenant avec le meurtre de la petite Sue, tu peux facilement t'imaginer des choses… Quand le vent souffle dans le Tay et qu'il s'engouffre en sifflant sous les piliers, on croirait entendre les crissements du train de 1879, ainsi que tous les cris de ces pauvres gens.

— Tante… finit par soupirer Sweeney. N'en fais pas trop.

— Mais si, insista-t-elle, moi je te dis que cet endroit me donne la chair de poule… Ensuite, lorsque tu as consulté la liste des victimes, que tu y as découvert que, par hasard, une certaine Jenny McFadden avait peut-être habité à la même adresse que toi, ton imagination a fait le reste. Tu as créé un lien artificiel entre tous ces éléments, et c'est en réalité ton esprit d'association qui s'est efforcé de leur donner un sens logique. Voilà tout, sembla-t-elle conclure.

Mais pour aussitôt reprendre :

— Et puis, même si par malchance cette pauvre fille a bien vécu dans la même rue que toi, es-tu certain qu'il s'agit pour autant de la même adresse ? Est-ce qu'il ne peut pas s'être produit une erreur, ou bien est-ce que la numérotation n'a pas évolué depuis cette époque ?

— J'y ai songé moi aussi, mais c'est vrai que je n'ai pas vérifié, reconnut Sweeney.

— Ah tu vois ! lui asséna la vieille dame… Ensuite pour la colline, et le couteau qu'on y a découvert, je pense que ton « intuition » n'est en fait que le fruit – l'aboutissement rationnel – d'une déduction par ailleurs tout à fait logique, inconsciente peut-être, mais logique. D'association d'idée en association d'idée, expliqua-t-elle, tu as fini par te construire un scénario crédible, dans lequel l'assassin s'était probablement débarrassé de son arme à proximité de la scène de crime. Puis, au final, tu as transfiguré tout ça sous la forme d'un rêve, d'une « vision » transmise par cette présence mystérieuse qui t'aurait suggéré d'aller fouiller cette fameuse colline. Et puis voilà, ça a marché ! s'exclama tante Midge en guise de conclusion.

Sweeney la dévisagea sans pouvoir prononcer un mot. Il se sentait ébranlé par la pertinence de ses derniers arguments. Un doute profond l'assaillit, bouleversant ses convictions les plus intimes.

Et si tante avait raison… réfléchit-il. *Si jamais je m'étais réellement fabriqué cette histoire, pour mieux me…*

Mais une nouvelle intervention de la vieille dame l'empêcha de cogiter plus avant :

— Si tu veux mon sentiment, proposa-t-elle, je dirais que, pour te masquer à toi-même tes brillantes capacités de déduction, tu préfères encore – de façon inconsciente certainement – les travestir en rêves ou autres illusions. Rien de plus.

Après avoir marqué un silence, la malade lui demanda :

— Archie, pourquoi fais-tu ça ?… Est-ce que ce don te fait peur ? Te sens-tu si différent des autres, ou alors si « anormal » que cela ?… Pour moi, au contraire, je vois tes qualités comme une vraie chance, même si pour la majorité des gens, tout ça ne paraît pas très rationnel… Cette capacité que tu as d'aller de A à D, sans devoir passer par B ou C, cela surprend. Oui, cela peut même inquiéter. Le fonctionnement de notre cerveau est encore si mal connu… soupira-t-elle.

Le jeune policier continua de méditer les dernières réflexions de sa tante. Lorsque tout à coup, une nouvelle évidence s'imposa brusquement à lui :

— Tante ! s'écria-t-il. Non, ça ne colle pas !

— Quoi ?

— Mais non !... Et mon tout premier rêve, qu'en fais-tu ? Je m'en souviens parfaitement : la première fois que la silhouette de Jenny McFadden m'est apparue, c'était avant même de mettre les pieds à Wormit. Avant d'apprendre le meurtre de la petite Sue et que Ian ne me raconte la catastrophe du vieux *Rail Bridge*. Tu vois, je n'ai pas pu être influencé par l'affaire, ni même par le contexte. Ton raisonnement ne tient pas... Tante, écoute-moi : il y a forcément autre chose.

Tante Midge se contenta d'esquisser un nouveau sourire, avant de boire encore un peu d'eau. Puis elle finit par répondre :

— Tu ne me déstabiliseras pas. En tous cas, pas comme ça... J'étais professeur de mathématiques. Je suis une scientifique... Non, réfléchit-elle à voix haute, je dirais que tu as fait un rêve prémonitoire. Au pire, je serais même prête à « croire » à ces petits décalages temporels qui nous apparaissent comme tels. Nos connaissances des lois de la physique sont encore lacunaires. La théorie de la relativité n'a jamais qu'une centaine d'années, et si elle est dorénavant bien connue, nous ne maîtrisons peut-être pas encore toutes ses implications... D'ailleurs, ajouta-t-elle, je ne serais pas étonnée si la flèche du temps n'était pas si linéaire que cela, si elle n'était pas sujette à quelques fluctuations, et si une interprétation scientifique de ces « visions » prémonitoires, comme celle que tu as connue, était un jour possible.

— Tante, reconnais tout de même que ces rêves sont un peu particuliers, surtout le premier. Mets-toi à ma place : je trouve ce *Tay Time*[18] bien étrange.

---

18. *Jeu de mots avec* Tea Time, *l'heure du thé.*

— Archie, répliqua la vieille dame : n'est étrange que ce que l'on ne connaît pas !

— N'empêche, insista son neveu, ces fichus rêves n'ont pas fini de me jouer des tours. Si tu voyais la façon dont Wilkinson, et même Ian à présent, me dévisagent… C'est très inconfortable.

— Étant donné ton absence d'explication au sujet de la découverte du couteau, cela ne me surprend pas.

— Pour prolonger ta réflexion, reprit Sweeney, moi aussi j'ai étudié la physique. Moi aussi je suis scientifique de formation… Et pourtant, j'ai fini par penser que sur le Firth of Tay, s'il existe une rive nord et une rive sud, peut-être en existe-t-il une autre encore : une troisième rive… Une rive plus mystérieuse, mais tout aussi réelle : celle du temps.

— Eh bien mon neveu, nous voilà partis bien loin… s'amusa la vieille dame.

— Tu as raison, l'approuva Sweeney dans un sourire complice. Mais au moins, et c'est beaucoup plus tangible, je constate que tu vas mieux. Ça me fait plaisir… Mais justement, je ne veux pas t'épuiser, songea l'inspecteur. Je préfère te quitter sur cette note de bonne humeur.

Le jeune homme se leva aussitôt et épaula son sand wedge.

Au moment où il allait embrasser sa tante, celle-ci lui demanda :

— Est-ce que tu reviendras demain ?

— Bien sûr, c'est dimanche. Je passerai en fin de matinée.

Il la gratifia d'un baiser sur la joue.

— Et ton « fantôme » alors ? Tu ne m'as toujours pas répondu, le taquina-t-elle encore, tandis qu'il ouvrait la porte de la chambre. Il ne s'est plus manifesté ?

Son neveu se retourna, pensif et la mine un peu triste, comme s'il regrettait déjà cette présence qui l'avait accompagné durant des semaines :

— Non, c'est fini… lui dit-il simplement.

Avant de lui adresser un dernier signe de la main, puis de disparaître dans le couloir du Western General Hospital.

*

Sweeney rentra tard à son domicile de George Street. Après avoir quitté sa tante, il avait préféré retourner au bureau pour s'imprégner de tous ces dossiers que, depuis novembre, il avait laissés en souffrance, ainsi que des nouveaux qui s'étaient accumulés pendant son absence. La reprise du lundi s'annonçait chargée…

Le jeune homme alluma la lumière sur sa gauche. Surpris, Berthie souleva une première paupière de réprobation. Puis une seconde, où se lisait cette fois sa crainte d'être grondé pour s'être aventuré sur le lit de son maître. Mais même si Sweeney savait que le chien y avait probablement déjà répandu ses puces, le policier se sentit si las qu'il décida de ne pas le blâmer. Il s'assit au pied du lit, laissa tomber son sand wedge, et finit même par s'allonger aux côtés de l'animal. Berthie, la truffe incrédule, observa son maître se déchausser, puis soupirer longuement.

Sweeney continua d'ignorer la présence du teckel – ou alors peut-être celle-ci le réconfortait-elle – et tourna le visage vers la droite. Il posa son regard sur l'unique meuble de la pièce, une étagère en kit encombrée d'objets et de documents divers, mais dont un niveau venait d'être soigneusement rangé par son propriétaire. L'inspecteur y avait installé les photos individuelles de James Milnedon et de Jenny McFadden, dans une disposition où leurs deux sourires semblaient se répondre l'un à l'autre : certainement l'effet que les deux amoureux avaient malicieusement cherché à obtenir. Sweeney sourit en imaginant qu'un siècle plus tard, il était à l'origine de leurs retrouvailles. Puis il songea qu'il avait également promis à Margaret Milnedon de l'appeler. Elle serait heureuse d'apprendre la façon dont les deux clichés avaient enfin trouvé leur place.

Pendant ce temps, Berthie avait profité de la rêverie de son maître pour s'en rapprocher. L'animal avait même fini par rouler le long de sa hanche, le ventre à l'air et ses longues oreilles rabattues vers l'arrière.

Si Jenny McFadden est restée de ce côté-ci du Tay, pensa Sweeney, *sans jamais pouvoir rejoindre son fiancé sur l'autre rive, au moins je lui ai ramené son James... D'ailleurs, depuis que je les ai installés face à face, je n'ai plus constaté la moindre « manifestation » dans l'appartement*, remarqua-t-il, avant de se moquer intérieurement de sa propre imagination.

Puis le jeune Écossais plia les jambes, repoussa son corps vers le haut du lit, tout en veillant à ne pas déranger son chien, et conclut son mouvement en allumant la lampe de chevet.

Près d'un mois que je ne parviens plus à m'endormir dans le noir, se reprocha-t-il. *Décidément, cette enquête m'a remué plus que je ne le pense.*

Enfin, alors qu'il contemplait les ombres qui dansaient sur le plafond, Sweeney réalisa qu'il allait devoir se relever pour nourrir Berthie, puis sortir pour la promenade du teckel.

— Pfff… soupira-t-il bruyamment.

Avant de rassembler son courage pour cette ultime épreuve, le jeune homme s'autorisa une dernière rêverie : *C'est bizarre… J'ai l'impression que les « visites » de Jenny vont me manquer…* sourit-il. *En réalité*, s'avoua-t-il aussitôt, *la seule présence qui me fasse vraiment défaut est celle d'Ilona. Tante Midge a raison : le véritable fantôme dans cet appartement, ce n'est pas Jenny, mais ma belle Irlandaise*, comprit Sweeney. *Comme elle me manque…*

Oubliant ses résolutions au sujet de la promenade de son chien, l'inspecteur se tourna sur le flanc. Il serra l'oreiller d'Ilona dans ses bras, puis s'endormit en quelques minutes…

Inscrivez-vous gratuitement,
et sans aucun engagement de votre part,
à notre bulletin d'information
en nous retournant le coupon ci-contre.

Vous serez averti(e) des parutions en exclusivité,
pourrez bénéficier d'offres spéciales,
de cadeaux, etc.

Chaque nouvel inscrit recevra
une petite surprise…

Rejoignez-nous vite !

Et n'hésitez pas à proposer l'inscription
à vos parents et amis…

Je désire m'abonner gratuitement
au bulletin d'information des Éditions du Palémon :
je serai averti(e) des parutions
des enquêtes de John-Erich Nielsen et autres ouvrages,
ainsi que de l'actualité et des offres Palémon.

Nom ....

Prénom ....

Adresse ....

....

....

Code Postal .... Ville ....

Pour encore plus d'offres et d'infos,
indiquez votre adresse e-mail :

E-mail ....@....................

Bon à compléter ou à recopier
et à retourner par courrier à l'adresse suivante :

ÉDITIONS DU PALÉMON
ZA de Troyalac'h
10 rue André Michelin
29170 SAINT-ÉVARZEC

JEN09

Retrouvez les ouvrages de John-Erich Nielsen
et tous les titres des Éditions du Palémon sur :

www.palemon.fr

ÉDITIONS DU PALÉMON
ZA de Troyalac'h - 10 rue André Michelin
29170 SAINT-ÉVARZEC
02 98 94 62 44
Dépôt légal 1er trimestre 2017

Relu et amendé par Évelyne Vanhoeke

ISBN : 978-2-372600-74-3

Achevé d'imprimer en février 2017
sur les presses de la **N**ouvelle **I**mprimerie **L**aballery
58500 Clamecy
Numéro d'impression : 701307 - 1er tirage

Imprimé en France

La Nouvelle Imprimerie Laballery est titulaire de la marque IMPRIM'VERT®